经典写作课
WRITING

# 小说面面观

## Aspects of the Novel

〔英〕E. M. 福斯特 著
Edward Morgan Forster
杨淑华 译

人民文学出版社
PEOPLE'S LITERATURE PUBLISHING HOUSE

*Aspects of the Novel*
by Edward Morgan Forster



**图书在版编目(CIP)数据**

小说面面观/(英)E. M. 福斯特著;杨淑华译.—
北京:人民文学出版社,2023
(经典写作课)
ISBN 978-7-02-017924-4

Ⅰ.①小… Ⅱ.①E… ②杨… Ⅲ.①小说评论-文集
Ⅳ.①I106.4-53

中国国家版本馆CIP数据核字(2023)第052378号

责任编辑 **朱卫净 邱小群**
封面设计 **钱 珺**

出版发行 **人民文学出版社**
社　　址 **北京市朝内大街166号**
邮政编码 **100705**

印　　刷 **山东临沂新华印刷物流集团有限责任公司**
经　　销 **全国新华书店等**

字　　数 **115千字**
开　　本 **889毫米×1194毫米 1/32**
印　　张 **5.25**
版　　次 **2021年4月北京第1版**
印　　次 **2023年5月第1次印刷**

书　　号 **978-7-02-017924-4**
定　　价 **45.00元**

# 目录


作者说明 001

一、导言 001

二、故事 025

三、人物 042

四、人物（续） 062

五、情节 079

六、幻想 099

七、预言 118

八、模式与节奏 140

九、结语 160

## 作者说明

1927年春，我在剑桥大学三一学院做了几次讲座（由三一学院主办的克拉克系列讲座），本书即为这几次讲座的内容。讲座的语气随意，严格地说属于谈话体，出书的时候没有淡化这种谈话风格是觉得这样做比较保险，否则就留不下什么东西了。正因如此，书中每页都会出现“我”“你”“某人”“我们”“有意思的是”“这么说吧”“你想想吧”“当然了”这类词语，这自然会让敏感的读者感到不适，不过他须得明白，如果拿掉这些词语，其他那些或许更为重要的词语也会从由此形成的空隙中溜掉，而且由于小说本身也常常是口语化的，其中的一些奥秘就有可能并不见于严肃壮观的批评主流之中，而是呈现于浅滩与回流之间。

# 一、导言

说到本次讲座，必须提到的一个名字就是威廉·乔治·克拉克[①]，他是三一学院的教师。正是由于他，我们才有今天的相遇，也是由于他，我们方能进入这个主题。

印象中克拉克是约克郡人。他出生于1821年，在塞德伯和什鲁斯伯里上学，1840年进入三一学院，四年后获得教职。随后近三十年里，他以学院为家，直到健康恶化才离开学院，不久后去世。他因研究莎士比亚而闻名，同时还出版了两部其他方面的著作，我们在此必须提及。他年轻时去西班牙度假，写了一本生动有趣的游记叫做《甘滋帕稠》(*Gazpacho*)。“甘滋帕稠”是一道西班牙冷汤的名称，他在安达卢西亚农民家里品尝过，显然十分喜欢。实际上那里的一切他好像都喜欢。八年后他去希腊度假，后来写出了第二本游记《伯罗奔尼撒》(*Peloponnesus*)，这一本要庄重一些，也枯燥一些。当时的希腊是个严肃的地方，比西班牙要严肃，而且那个时候克拉克已经接受了圣职还担任公共发言人，不过最主要的是，这次与他同行的是当时的院长汤普森博士，那可不是个喜欢和一道冷汤扯上什么关系的人。结果就是关于骡子和跳蚤的俏皮话很少，我

① 威廉·乔治·克拉克（William George Clark，1821—1878），英国学者。（本书中凡未标注为“原注”的脚注都是译注。——译注）

们越来越多地看到古典时代的遗迹和古战场。除了学识以外，书中仅存有对希腊乡村的感受。克拉克也去了意大利和波兰。

再说说他的学术生涯。他筹划出版了那套出色的丛书——《剑桥莎士比亚》(*Cambridge Shakespeare*)，合作者起初是格罗夫（Glover），后来是艾尔迪斯·怀特（Aldis Wright）(两位都是三一学院的图书管理员)。在艾尔迪斯·怀特的协助下，他出版了通俗读本《全球莎士比亚》(*Globe Shakespeare*)。他为出版阿里斯托芬[①]的作品收集了不少资料。他还出版了一些传道书，但是在1869年他放弃了圣职，这倒省得我们受过多的正统教育了。就像他的朋友传记作家莱斯利·史蒂芬[②]、亨利·西奇威克[③]以及那一代中的其他人一样，他感到无法继续留在教会里，并写了一本小册子，解释了他离开的原因，题为《英国国教会当下的危机》(*The Present Dangers of the Church of England*)。随后他辞去了公共发言人的职位，只保留了教职。他五十七岁去世，广受尊敬，认识他的人都认为他是个亲切、博学、诚恳的人。在剑桥他是一位知名人物，可在这个名人众多的世界上却算不上有名，甚至在牛津都算不上有名。但是他最能代表这些学院特有的精神，那就是正直而笃诚，在座诸位唯有跟随他的步伐前行才能正确地了解和欣赏这种精神。他生前所在的老学院将他遗嘱中的一笔赠款用于举办系列年度讲座，主题是“乔叟之后某一时期或某些时期的英语文学”，这就是我们今天得以

① 阿里斯托芬（Aristophane，约前448年—前380年），古希腊喜剧作家。
② 莱斯利·史蒂芬（Leslie Stephen，1832—1904），英国评论家和文学家。
③ 亨利·西奇威克（Henry Sidgwick，1838—1900），英国作家、哲学家。

在此相聚的原因。

虽然现在已经不时兴了，但我还是想做个小小的祈祷，以表达两个心愿。首先是愿这个讲座自始至终都贯穿着那么一点克拉克的正直笃诚，其次也求他对我们稍稍打个马虎眼！因为我并不打算严格按照规定的题目，讲“某一时期或某些时期的英语文学”。这个条件听上去自由不拘，也确实具有十足的自由精神，却偏偏在用辞上不符合我们的主题，我会在此导言中解释为什么不符合。我提出的观点也许看起来微不足道，却可以提供一个有利的位置，以便我们下周开始对问题发起总攻。

我们需要一个有利的位置，因为小说是一堆很难厘清头绪的东西，里面模模糊糊，没有山可爬，没有帕纳塞斯山①，也没有赫利孔山②，甚至连毗斯迦山③也没有。小说毫无疑问是一块文学湿地——由百川浇灌，不经意间就成了沼泽。我不奇怪为什么诗人瞧不上它，虽然他们自己偶尔也涉身其中。我也不惊讶于历史学家的恼怒，因为小说也会无意中进入他们的领地。也许我们应该先给小说下个定义再说。这连一秒钟的时间都用不了。阿贝尔·谢瓦莱先生在他那本出色的小册子④里给出了小说的定义，如果一个法国批评家都不能给英国小说下定义，那

① 帕纳塞斯山（Parnassus）是希腊山脉，古希腊神话中太阳神阿波罗和文艺女神们的灵地。

② 赫利孔山（Helicon）是希腊山脉，古希腊神话中艺术灵感女神的住地。

③ 毗斯迦山（Pisgah）是《圣经》中提到的一座山，上到山顶可以看见迦南，给人以希望。

④ 阿贝尔·谢瓦莱（Abel Chevalley）：《现代英国小说》（*Le Roman Anglais de Notre Temps*），纽约：牛津大学出版社。——原注

谁能呢？他给出的定义是“有一定长度的散文式虚构作品”。这个定义对我们而言足够了，也许还可以进一步明确一下，即长度应不少于五万词。① 我在我的讲座中把超过五万词的虚构散文作品都视为小说，如果你觉得这个定义缺乏哲理，你能另想出一个取而代之吗？这个定义要能涵盖这些作品：《天路历程》②，《享乐主义者马里乌斯》③，《幼子历险记》④，《魔笛》⑤，《瘟疫年纪事》⑥，《朱莱卡·多布森》⑦，《拉塞拉斯》⑧，《尤利西斯》⑨，《绿厦》⑩，否则就要解释为何将其中之一排除在外。在我们这块像

---

① 原文中这里所说的“小说”用的都是 novel 一词，一般指长篇小说。

② 《天路历程》（*The Pilgrim's Progress*）为英国作家约翰·班扬（John Bunyan，1628—1688）创作的长篇小说，上卷出版于 1678 年，下卷出版于 1684 年。

③ 《享乐主义者马里乌斯》（*Marius the Epicurean*）为英国作家、批评家瓦尔特·佩特（Walter Horatio Pater，1839—1894）创作的著名哲理小说，出版于 1885 年。

④ 《幼子历险记》（*The Adventures of a Younger Son*）为英国作家爱德华·约翰·特里劳尼（Edward John Trelawny，1792—1881）的半自传性小说，出版于 1831 年。

⑤ 《魔笛》（*The Magic Flute：A Fantasia*）为英国学者戈兹沃西·洛斯·迪金森（Goldsworthy Lowes Dickinson，1862—1932）的幻想小说，出版于 1920 年。

⑥ 《瘟疫年纪事》（*A Journal of the Plague Year*）为英国作家丹尼尔·笛福（Daniel Defoe，1660—1731）的代表作之一，出版于 1722 年。

⑦ 完整的书名是《朱莱卡·多布森：牛津情事》（*Zuleika Dobson，or An Oxford Love Story*，1911），为英国作家、漫画家马克斯·比尔博姆（Max Beerbohm，1872—1956）的幻想小说。

⑧ 《拉塞拉斯》（*Rasselas*），全名《阿比西尼亚王子拉塞拉斯的历史》（*The History of Rasselas，Prince of Abissinia*），是英国作家、诗人、文学评论家和词典撰写者塞缪尔·约翰逊（Samuel Johnson，1709—1784）的哲理小说，出版于 1759 年。

⑨ 《尤利西斯》（*Ulysses*）为爱尔兰作家詹姆斯·乔伊斯（James Joyce，1882—1941）的小说，出版于 1922 年。

⑩ 《绿厦》（*Green Mansions：a Romance of the Tropical Forest*）是英国作家和博物学家威廉·亨利·赫德逊（William Henry Hudson，1841—1922）描写异域风情的浪漫小说，出版于 1904 年。

海绵一样的湿地里，某些部分相比于其他部分似乎更具有虚构的特点，这是真的：在靠近中心的一处青草高坡上站着奥斯丁小姐[①]，身边是她塑造的人物艾玛，还有萨克雷[②]支撑着埃斯蒙德[③]。但是据我所知没有哪个明智的定义可以描述这个地带的全貌。我们只能说，这里周围环绕着两条平缓的山脉，它们彼此相对，分别叫做诗歌和历史，第三面是大海，我们谈到《白鲸》[④]的时候会与之相遇。

我们先来看看“英语文学”这个限定条件。“英语”，我们当然应该理解为用英语创作的文学，而不是在特威德河[⑤]以南、大西洋以西或者赤道以北的某个特定区域内出版的作品：我们不必把地理因素放在心上，这个问题可以留给政治家们去考虑。有了这样的理解，我们是否就如愿拥有了自由呢？我们能在讨论英语小说的时候完全忽略用其他语言特别是法语和俄语创作的小说吗？就影响而言，可以忽略，因为我们的作家受欧陆作家的影响从来就不太大。不过在讲座中我尽量不谈及影响问题，我很快会解释其中的原因。我要讲的是某类特定的作品，以及这类作品用英语呈现出来的各种特征。那么我们能忽略其欧陆

---

① 简·奥斯丁（Jane Austen，1775—1817），英国女小说家，主要作品有《傲慢与偏见》（*Pride and Prejudice*）《艾玛》（*Emma*）等。

② 威廉·梅克比斯·萨克雷（William Makepeace Thackeray，1811—1863），英国作家，其代表作品是《名利场》（*Vanity Fair*）。

③ 萨克雷小说《亨利·埃斯蒙德先生的历史》（*The History of Henry Esmond, Esq.*，1905）中的人物。

④ 《白鲸》（*Moby Dick*），又译《莫比·迪克》，是美国小说家赫尔曼·梅尔维尔（Herman Melvill，1819—1891）的代表作，出版于 1851 年。

⑤ 特威德河（Tweed）在苏格兰东南部，是苏格兰—英格兰边界的一部分。

旁系所拥有的特征吗？不能完全忽略。在此我们要面对一个令人不悦的事实，因为这会显得不够爱国。没有一位英国小说家在恢宏的气势上堪与托尔斯泰①比肩，也就是说像他那样展现出人生的全景，既有家庭生活侧面，也有英雄生活侧面。也没有一位英国小说家在对人类灵魂的探索上达到陀思妥耶夫斯基②的深度。而且不管是哪里的小说家，也没有一位像马塞尔·普鲁斯特③那样把现代意识分析得如此透彻。在这些胜利果实面前我们必须驻足。英国诗歌没有对手，不但在质量上而且在数量上都卓尔不群。但是英国小说就让我们得意不起来了：迄今为止最优秀的作品并没有将其包含在内，不承认这一点，我们就犯了褊狭的地方意识这种毛病。

可以这样说，作家身上的地方意识无关紧要，甚至还有可能是他创作力的主要来源：只有学究或者傻瓜才会批评笛福一副伦敦东区腔，或者说托马斯·哈代④太土气。然而批评家身上有地方意识却是严重的错误。批评家无权狭隘，狭隘是有创造力的艺术家经常享有的特权。批评家必须拥有开阔的视野，否则他就一无所长。小说可以行使实现其创作目标的各种权利，而批评是没有这些权利的，英语小说世界里有太多的小

① 列夫·尼古拉耶维奇·托尔斯泰（Leo Nikolaevich Tolstoy，1828—1910），俄国作家、思想家、哲学家。

② 费奥多尔·米哈伊洛维奇·陀思妥耶夫斯基（Fyodor Mikhailovich Dostoevsky，1821—1881），俄国作家。

③ 马塞尔·普鲁斯特（Marcel Proust，1877—1922），法国小说家、意识流小说大师。

④ 托马斯·哈代（Thomas Hardy，1840—1928），英国诗人、小说家。

家宅邸被谬赞为华堂大厦，这其实有损于这些作品本身的价值。随便举四个例子吧：《克兰弗德》①，《密德洛西恩监狱》②，《简·爱》③，《理查德·费沃里尔的苦难》④。我们有可能出于不同的个人方面和地域方面的原因喜欢这四本书。《克兰弗德》熠熠生辉之处是英国中部城市的幽默，《密德洛西恩监狱》在爱丁堡以外的人看来很难理解，《简·爱》是一位还不成熟的淑女心中的激情之梦，《理查德·费沃里尔的苦难》散发出乡野的抒情，其间闪现着时髦的机智，但这四部小说都是小家宅邸而不是华堂大厦，将其与《战争与和平》⑤的廊柱或是《卡拉马佐夫兄弟》⑥的穹顶稍作比较即可看清这一点，进而对其真正的价值产生敬意。

在接下来的讲座中，我不会经常提到外国小说，更不会摆出专家姿态对其妄加评判，因为本讲座的专家并没有得到授权可以讨论外国小说。但是在开讲之前，我确实很想强调一下这些作品的伟大之处，这就像给我们的主题先投上一道暗影，以

---

① 《克兰弗德》(*Cranford*) 是英国作家伊丽莎白·盖斯凯尔 (Elizabeth Gaskell, 1810—1865) 描写英国乡村生活的长篇小说，出版于 1853 年。

② 《密德洛西恩监狱》(*The Heart of Midlothian*)，又译《中洛锡安之心》，是英国小说家沃尔特·司各特 (Walter Scott, 1771—1832) 描写苏格兰历史的长篇小说，出版于 1818 年。

③ 《简·爱》(*Jane Eyre*) 是英国女作家夏洛蒂·勃朗特 (Chalotte Bronte, 1816—1855) 的代表作，出版于 1847 年。

④ 《理查德·费沃里尔的苦难》(*The Ordeal of Richard Feverel*) 是英国作家乔治·梅瑞狄斯 (George Meredith, 1828—1909) 的长篇小说，出版于 1859 年。

⑤ 《战争与和平》(*War and Peace*) 是俄国作家列夫·托尔斯泰的长篇小说，完成于 1869 年。

⑥ 《卡拉马佐夫兄弟》(*The Brothers Karamazov*) 是俄国作家陀思妥耶夫斯基的长篇小说，出版于 1880 年。

便我们最后回顾的时候能看出这个主题真正的光芒。

关于“英语”这个限定条件就说这些。下面我们讨论一个更为重要的限定条件，就是“时期”。一段发展时间所形成的时期这个概念，通常导致对影响和流派的重视，而这恰好是我在这次简要的讲述中想要回避的一点，我相信《甘滋帕稠》的作者对此能予以体谅。自始至终，时间都是我们的敌人。我们观察英国小说家，不是将他们置于大浪淘沙的时间之流中任其漂流，而是把他们全都放在一个类似于大英博物馆圆形阅览室的房间里，让他们在同一时间内各写各的小说。他们坐在那里，并不会去想什么“我生活在维多利亚时代，我是安妮女王时代的，我继承的是特罗洛普①的传统，我在以行动反对阿道司·赫胥黎②的创作方法”。笔拿在自己手里这件事对他们来说远比那些东西要真实得多。他们处于半痴迷的状态，他们的悲伤和喜悦顺着墨水倾泻而出，他们与创作行动融为一体。“1847 年以后，激情小说就再也不同以往了”——奥利佛·埃尔顿（Oliver Elton）教授说这话的时候，小说家们都不解其意。这就是我们要去看待他们的方式，不完美，却与我们的能力相符，如此即可避免陷入一种重大的危险，即做假学问之险。

真学问是我们这个民族所能获得的最高成就之一。人最有成就感的事情就是选择了一个有价值的课题，掌握了这个课题

① 安东尼·特罗洛普（Anthony Trollope，1815—1882），英国作家。

② 阿道司·赫胥黎（Aldous Huxley，1894—1963），英国作家，著名的生物学家托马斯·赫胥黎（Thomas Huxley，1825—1895）之孙，代表作《美丽新世界》是一部反乌托邦经典之作。

所有的事实及其相邻课题的主要事实。然后这个人就可以做他喜欢做的事情了。如果他的课题是小说，他愿意的话可以按年代顺序讲小说，因为他把四百年来所有重要的小说都看了，不太重要的也看了很多，对英语小说这个领域可谓了然于心。已故的沃尔特·雷利爵士①（他做过克拉克讲座）就是这样的学者。雷利所知甚多，能够进而探究影响问题，他的英语小说研究专著采用的是按时期划分的方法，学问不到家的后继者切不可效仿。学者一如哲学家，可以凝视时间之河。他并非凝视这一整条河流，但是他能看出流经他身边的那些事实、那些个人特征，还能判断其间关系，如果我们把他的结论看得像他自己认为的那样宝贵，人类可能早就因他而得到教化了。众所周知，他并未成功。真学问无法传授，真学者也罕见。今天的听众里有几位学者，他们或已成名，或待成名，但也只有区区几位，而此刻讲台上肯定一个都没有。我们大部分人都是伪学问家，我想带着同情和尊重来考虑这一特点，因为我们这个阶层非常庞大，实力雄厚，在教会和政府机构中地位显要，我们控制着帝国的教育，新闻界以我们为荣，甘于俯首帖耳，我们还是各种宴会的座上宾。

假学问，从好的方面来说，是无知对博学的致敬。也有经济方面的因素，这一点我们不必苛求。我们大部分人都必须在三十岁之前找到一份工作，否则就得靠亲人养活，而许多工作都只能通过考试来争取。伪学者一般都考得不错（真学者反而平平），即便考砸了，他也很赞赏考试那种天然的威严。考试是

① 沃尔特·雷利爵士（Sir Walter Raleigh，1861—1922），英国批评家、随笔作家。

通往就业的大门，有生杀予夺的权力。一篇研究《李尔王》的论文就可能让人生计有望，而这部难以企及的剧本本身倒没有这个效果。这人可以就此登堂入室，进入地方政府委员会。他不会经常对自己明明白白地说，“知识的用处就在这里，可以帮你活下去”。对经济压力的感受通常在潜意识里，他去参加考试，只是觉得虽然写一篇谈《李尔王》的论文紧张而可怕，却也非常实在。无论你写得愤世嫉俗还是幼稚天真，都无可厚非。只要学识与收入挂钩，只要某些工作只能通过考试获得，我们就必须认真对待考试体制。如果有另外一架梯子可以通向就业，许多所谓的教育就会消失，绝不会有谁因此而变得比之前蠢笨半分。

可这种人要是从事批评，也就是做我们今天说的这种工作，就会带来极大的危害，因为他用真学者的方法处理问题却不具备真学者的素质。他还没有读懂甚至没有读过作品就去做分类工作，这就是他的第一宗罪。就说按时间顺序分类吧。1847 年前写的书，1847 年后写的书，1848 年后或者前写的书。安妮女王时代的小说，之前的小说，早期的小说，未来的小说。按题材分类呢，更是愚蠢。客栈小说，始于《弃儿汤姆·琼斯的历史》①；女权小说，始于《雪莉》②；荒岛小说，从《鲁滨孙漂流记》③延续到《蓝色珊瑚岛》④；流浪汉小说，最无聊的一种，公路小说

---

① 《弃儿汤姆·琼斯的历史》(*The History of Tom Jones, A Foundling*) 是英国小说家、戏剧家亨利·菲尔丁（Henry Fielding，1707—1754）的作品，发表于 1749 年。

② 《雪莉》(*Shirley*) 是夏洛蒂·勃朗特的著名小说，出版于 1849 年。

③ 《鲁滨孙漂流记》(*Robinson Crusoe*) 是英国作家笛福的长篇小说，出版于 1719 年。

④ 《蓝色珊瑚岛》(*The Blue Lagoon*) 是英国小说家亨利·德维尔·斯塔克普尔（Henry De Vere Stacpoole，1863—1951）的浪漫小说，发表于 1908 年。

也差不多；苏塞克斯小说（也许是最为致力于表现本土特色的一种了）；还有那些不好分类的小说，属于严肃却又令人生畏的探索，只有伪学者在比较成熟的阶段才会去关注，比如工业小说、航空小说、治手脚病的医术小说、气候小说。我把气候小说包括进来，依据的是一本与小说有关的书，多年来我从没看到过如此惊人的分类。这本书来自大西洋对岸，我绝不会忘记。这是一本文学手册，名为《小说的取材和创作方法》(*Materials and Methods of Fiction*)。作者的名字恕我在此隐去。他是个伪学者，而且是伪学者中的佼佼者。他按照年份、长度、地域、作者性别、作者视角对小说进行分类，直到似乎再也找不到其他名目为止。不过他还暗藏了一个，那就是气候，这个名目拿出来的时候，下面还有九个分目。每个分目下都有一个例子，丝毫不乱，我们来看看他这些条目。首先，气候可以有“装饰”作用，如皮埃尔·洛蒂①小说中的天气；然后是有“功利”作用，如《弗洛斯河上的磨坊》②（没有弗洛斯河，就没有磨坊；没有磨坊，就没有塔利弗这一家人）；有“诠释”作用，如《利己主义者》③；还有“预设的和谐”作用，如菲奥娜·麦克劳德④的

① 皮埃尔·洛蒂（Pierre Loti，1850—1923），法国浪漫派小说家，作品富有异国情调。

② 《弗洛斯河上的磨坊》(*The Mill on the Floss*）是英国女作家乔治·艾略特（George Eliot，1819—1880）的小说，出版于1860年。乔治·艾略特本名玛丽·安·伊万斯（Mary Ann Evans）。

③ 《利己主义者》(*The Egoist*）是乔治·梅瑞狄斯的代表作，出版于1879年。

④ 菲奥娜·麦克劳德（Fiona MacLeod）是苏格兰作家威廉·夏普（William Sharp，1855—1905）的笔名。

作品；有“情感对照”作用，如《巴伦特雷少爷》①；有“决定行动”的作用，如吉卜林②的某部小说，故事里的一个男子由于一场泥泞的暴风雨而选错了求婚的女子；还可以成为“主导影响”，如《理查德·费沃里尔的苦难》；气候本身也可以成为“主角”，就像《庞贝城的末日》③里的维苏威火山；第九，气候还可以“不存在”，如童话故事里。我颇为欣赏他能于不存在中奔突前行。这种分类法让一切都十分科学而整齐。可他自己还是有点不满意，做完分类之后他说，是的，当然还有一个因素，那就是天分；对小说家来说，知道气候对创作的作用有九种没什么用处，除非他还拥有天分。受这个想法的激励，他又按照语气给小说分类。语气只分两种，个人的和非个人的，他分别举例之后又沉思起来，说：“不错，可你必须同时具备天分，否则任何语气都是枉然。”

不停地提到天分也是伪学者的一个标志。他乐于提到天分，因为这个词一出口，他就可以不用去探索其含义了。文学作品是天才写出来的。小说家都是天才。就是这么回事；现在我们来分类吧。于是他就去分类了。他说的一切可能都准确无误，却全无用处，因为他只是在书外面转而没有进去，他要么就是没有去读，要么就是读不懂。书是要读的（难免要占用不少时

---

① 《巴伦特雷少爷》(*The Master of Ballantrae*）是英国作家罗伯特·路易斯·史蒂文森（Robert Louis Stevenson，1850—1894）的小说，出版于 1889 年。

② 约瑟夫·鲁德亚德·吉卜林（Joseph Rudyard Kipling，1865—1936），英国作家、诗人。

③ 《庞贝城的末日》(*The Last Days of Pompeii*）是英国剧作家爱德华·鲍沃尔-李敦（Edward Bulwer-Lytton，1803—1873）的小说，发表于 1834 年。

间)，非如此不能知其所言。少数野蛮部族有吃书之举，但就西方世界所知，阅读是吸纳书中内容的唯一方法。读者必须独自坐下来与作者交锋，而伪学者却不愿意这么做。他宁可把一本书与其所处时代以及作者的生平事迹、书中所描述的事件特别是某个潮流扯上关系。只要能用上“潮流”这个词，他就兴奋起来了，而他的受众却可能一下子没了精神，这个时候他们常常拿出笔来做笔记，觉得“潮流”是个挺便利的说法。

正因为如此，在我接下来东扯西拉的讲座中，我们不能按照时期去看待小说，不应该去凝视时间之河。另一种想象更适合我们的能力，那就是想象所有的小说家同时创作。他们处于不同的年龄阶段，来自不同的阶层，他们有着不同的气质，不同的生活目标，但是他们手中都有笔，处于创作的过程中。我们不妨从他们身后偷偷看一眼，看他们正在写什么。这样做可以驱赶走年代这个恶魔，现在年代是我们的敌人（下周我们就会发现)，有的时候年代也是小说家的敌人。赫尔曼·梅尔维尔感慨道：“哦，时间与人子之间竟有着如此难以磨灭的世仇啊。”这种世仇不仅存在于生死之中，也存在于文学创作和文学批评这两个分支之间。我们不妨避开这一点，想象所有的小说家都在同一个圆形房间里写作。我们先看作品内容，再提作者的名字，因为一个作家的名字会引起很多联想，时代啦，传闻啦，还有我们打算摒弃的那种方法中所有那些杂七杂八的东西。

他们按照指示自我组合为两人一组。我们来看第一组，请看下文：

（一）

我不知道该做什么——我不知道。上帝宽恕我，可我心烦意乱！我希望——可我不知道提出什么希望可以不犯下罪孽。我还是希望上帝愿意对我发发慈悲！——我在这儿一点慈悲都见不到。——这是个什么样的世界啊！这里有什么值得期许的？我们希望得到善良，可善良变得混沌不清，人都不知道该希望得到什么了！人类中一半人折磨着另一半人，自己也在折磨他人中受尽折磨。

（二）

我讨厌的是我自己——因为我想到为了幸福，一个人要从他人的生命中攫取那么多东西，即便如此，他也并不幸福。人这样做是为了欺骗自我，也是为了堵自己的嘴——可最多也只能一时奏效。那个倒霉鬼自我总是存在，总是莫名其妙地给我们增添新的焦虑。结果就是，攫取所带来的并不是也绝对不是幸福，攫取根本就不会带来任何幸福。获取幸福唯一可靠的办法是给予。这是最不会欺骗你的选择。

显然，这儿坐着的两位小说家看待生活的角度非常相似，不过第一位是塞缪尔·理查逊[①]，第二位你可能已经认出来了，是亨利·詹姆斯[②]。两位都是焦虑的而非热情的心理探索者。两位都对痛苦很敏感，赞赏自我牺牲；两位都不长于写悲剧，虽

① 塞缪尔·理查逊（Samuel Richardson，1689—1761），英国小说家。
② 亨利·詹姆斯（Henry James，1843—1916），美国出生的英国小说家、文学批评家、剧作家和散文家。

然已经很接近了。一种怯懦的高尚——这就是主宰他们的那种精神——哦，他们写得多么好啊！——滔滔不绝，却无一字不妥帖。他们之间相隔着一百五十年，可是唯有以这种方式，他们竟走得如此之近，这种亲密关系难道不会让我们有所收益吗？当然了，我说这话的时候，就听到亨利·詹姆斯开始表达他的遗憾了——不，不是遗憾，而是惊讶——不，甚至也不是惊讶，而是他的一种感觉，觉得所谓亲密关系是给他假定出来的，而且他一定会补充说，这种假定居然还让他和一个店主①扯上了关系。我还听到了理查逊的话，同样小心翼翼，说他不知道英格兰以外出生的作家里会不会有心地纯正的人。不过这些都是表面上的差异，实际上并无不同，反而增加了一些关联点。就让他们和谐无间地坐着吧，我们继续看下一组。

（一）

在约翰逊太太干练的操持下，丧事的一切准备工作都在热热闹闹地顺利进行着。葬礼前夜她取出了收藏的黑色绸缎布料、轻便梯和一盒大头钉，将整个屋子用黑色的垂花带子和蝴蝶结以最优雅的方式装饰起来。她在门环上系了黑绉纱，在加里波第钢雕的角落上面放了一个大蝴蝶结，用墨色的长条布把格拉斯通的半身像包上，那是逝者的收藏。她转了一下画着蒂凡尼和那不勒斯湾风景的两个花瓶，把明亮的风景画转到背面去，只露出朴素的蓝色珐琅。她早就为前厅准备了桌布，盘算了许久才买下的，此刻她换

① 塞缪尔·理查逊曾经在伦敦经营过一个印刷作坊。

上了这块紫罗兰色的桌布，拿掉了之前一直在用的那块绒布，那上面是狂喜与欢乐的图案，已经严重磨损，都褪色了。为了在她小小的家里营造一种庄重肃穆的气氛，一颗挚爱的心所能想到的，她全做了。

（二）

客厅里有淡淡的甜饼香味儿，我用目光搜寻着摆放茶点的桌子，直到眼睛适应了屋里的昏暗才看见。桌上放着切好的葡萄干蛋糕，切好的橙子，有三明治、饼干，还有两个我很熟悉的细颈玻璃壶，那是当摆设的，从来没见人用过，这会儿一个盛满了波特酒，一个盛满了雪莉酒。我站在桌子边上，感觉到了彭波契克在这里，那个卑躬屈膝的人。他穿着黑斗篷，帽子上的帽带有好几码长，他一会儿往嘴里塞吃的东西，一会儿做出讨好的举动想引起我的注意。一看到我注意到他了，他就走了过来（满口都是雪莉酒和面包的味儿），压低声音说："可以吗，亲爱的先生？"说着就握住了我的手。

这两场葬礼绝不是同一天的事。一场是珀利先生①父亲的葬礼（1920 年），另一场是《远大前程》②里葛吉瑞太太的葬礼

---

① 这是小说《珀利先生的故事》（*The History of Mr. Polly*）中的人物。这部小说是英国科幻小说家赫伯特·乔治·威尔斯（Hebert George Wells，1866—1946）的作品，问世于 1910 年，但这里福斯特原文中给出的葬礼年份是 1920 年。

② 《远大前程》（*The Great Expectations*），又译《孤星血泪》，是英国作家查尔斯·狄更斯（Charles Dickens，1812—1870）的长篇小说，1861 年出版。

(1860年)。可是威尔斯和狄更斯用了相同的视角来描写葬礼，甚至使用了同样的风格技巧（比较一下两个花瓶和两个长颈玻璃壶)。两位小说家都富有幽默感和观察力，善于用罗列细节再匆忙带过的方法达到某种效果。两位都心胸豁达；他们痛恨伪善，乐于谴责虚伪；他们是可贵的社会改良主义者；他们都不愿止步于把书摆放在图书馆的书架上。有时他们行文中充满活力的表面也不那么光滑，会出现刮擦的声音，像廉价唱片，露出某种质量缺陷，作家的面孔和读者的面孔挨得过于近了。换言之，他们的品位都不高：美的世界对狄更斯关闭了一大半，对威尔斯关闭了全部。这两位还有其他的可比之处，比如刻画人物的方式，这一点我们后面再细谈。也许他们之间的巨大区别就在于，两个同样富有天分的无名小子，在不同的时代里获得了机遇，一位是在一百年前，另一位是在四十年前。这个时间差对威尔斯很有利。和他的前辈相比，他受到的教育要好得多；尤其是增加了科学教育，这强化了他的意志，使他与前人截然不同，非理性的成分得以抑制。威尔斯显示了社会的一个进步：他的工艺专科学校超越了狄更斯笔下的多西波伊斯学堂。不过他却没能显示小说艺术的进步。

我们看看下一对作家的情形又是如何。

（一）

不过至于那个印子，我吃不准；我觉得一点都不像是钉子留下来的，太大，也太圆了，我可以起来看看的，可我要是起来看了，十有八九还是说不清；因为一件事一旦做了，就再也没人知道是怎么回事了。唉，天哪，生活就是这样神秘！思想就是这样不准确！人就是这样无知！为了说明我们对自己拥有的东西是多么没法控制——经历了长久的文明，生活还是充满了偶然——我只说几件一生中失去的东西吧，先说放装订工具的三个浅蓝色小罐？因为这种东西也会丢，好像是太神奇了嘛——哪只猫会去啃，哪只老鼠会去咬呢？还有鸟笼子、铁做的裙箍、钢制的滑冰鞋、安妮女王时代的煤篓子、弹子球板子、手摇风琴——全没了，珠宝也是。欧珀宝石和绿宝石，竟然在萝卜根的旁边放着。真像是一点一点地把皮削掉一样啊！我身上居然还穿着衣服，我此刻坐在这里周围还有实实在在的家具，这简直不可思议。怎么说呢，要打个比方的话，毫无疑问生活就像是坐着地铁以每小时五十英里的速度呼啸而过……

（二）

起码有十年了，我父亲每天都下决心要把门修好；现在还没修好呢。也就是我们家吧，换了谁家恐怕一个钟头都受不了，惊人之处在于，一谈起门上的合页，我父亲就滔滔不绝，这世上没有哪个话题能让他如此健谈了。不过与此同时，我想他肯定是历史在这件事上能吹出的最大的一个肥皂泡；他的言行举止永远随心所欲。每次开客厅的门，他的人生信条就受一次难；其实用一根鸡毛抹上三滴油，用个榔头找准地方敲一下，他的荣誉就永远得救了。

人的内心真是自相矛盾！受了伤就忍着痛，其实他是有能力治好的！他的整个人生和他的学识相悖！他的理智是上帝赋予的宝贵礼物，（没有用来添油[①]做好事，但还是）很有用，却也让他更敏感，让他因此而痛苦倍增，更加伤感，更加焦虑不安！可怜的不快乐的人，他竟然这么做！难道这一生中必须承受的苦难还不够吗？他还一定要自己再去添愁，和无法回避的恶抗争，对可以回避的恶却听之任之，而这些恶给他带来的麻烦十之八九都没法从他心里永远消除。

凭着所有的善良和美德起誓！要是在项狄府周围十英里以内能找到三滴油和一个榔头，客厅门的合页一定能在本朝修好。[②]

上面第二篇当然是引自《项狄传》[③]。另一篇则出自弗吉尼亚·伍尔夫[④]。她和斯特恩都长于幻想。他们从一个小物件入手，振翅飞起，然后再落回原处。他们以诙谐的态度欣赏混乱

① 典出《圣经·路加福音》第34段，指一撒玛利亚人用油和酒为人治伤，此处为双关。

② 这一节引文的标点符号和斯特恩的原文多有不同，导致意思有所差异，这里兼顾双方，以体现斯特恩的本意为主。

③ 《项狄传》（*Tristram Shandy*）全名为《绅士特里斯舛·项狄的生平与见解》（*The Life and Opinions of Tristram Shandy, Gentleman*），是英国小说家劳伦斯·斯特恩（Laurence Sterne，1713—1768）的代表作之一，1759年到1767年间出版，被视为意识流小说的先驱。

④ 弗吉尼亚·伍尔夫（Virginia Woolf，1882—1941）是英国女作家，这里的选段出自其1919年发表的短篇小说《墙上的斑点》（*The Mark on the Wall*），据称这是作者第一部意识流小说。

的生活，将其与对生活之美强烈的感受结合起来。他们的语气里面甚至有相同的调子——颇为夸张地故作迷茫，昭告所有人他们不知道该怎么办。毫无疑问他们的价值衡量标准不同。斯特恩多愁善感，弗吉尼亚·伍尔夫（或许除了她的新作《到灯塔去》[①]以外）则极为清高。他们的成就也不在一个等级上。但是他们的表现方式是相同的，因此获得同样的古怪效果：客厅的门一直没有修好，墙上的印子原来是一只蜗牛，生活如此混乱，哦天啊，意志如此薄弱，感觉如此琐碎不堪，什么哲学，什么上帝，哦，我的天，看看那个印子，听听那个门，生存真是太……我们刚才在说什么？

我们看了六位小说家的创作，难道不觉得按照年代来分析作品的方法似乎没那么重要？如果小说在发展，其发展路径不太可能离开英国宪法甚至女权运动，是吗？我之所以说“甚至女权运动”，是因为十九世纪英国小说与那场运动之间偏偏就有着密切的关联，其密切程度误导了一些批评家，让他们觉得这就是一种有机的联系。他们断言，随着女性地位提高，小说也进步了。大错特错。镜子不会因为一场历史性的游行从它面前走过而改进性能。只有给它再涂上一层水银才行——也就是说，在它提高了辨识力以后；同理，小说的成功有赖于其自身的敏感程度，而不在于其题材是否成功。帝国倾覆，投票权到手，可是对于在圆形房间里写作的人来说，只有指间那支笔的感知才是最重要的。他们也许决定要写一部关于法国革命或者俄国

① 《到灯塔去》（*To the Lighthouse*）是弗吉尼亚·伍尔夫 1927 年的一部准自传体意识流小说。

革命的小说，但是记忆、联想、热情升腾而起，遮蔽了他们的客观性，他们写完后重读的时候，就感觉那小说好像是另外某个人拿着他们手中那支笔写的，把他们原本的主题给淡化到背景中去了。这“另外某个人”无疑是他们自己，却并非那个活跃在时光之中、生活在乔治四世或者乔治五世时期的自己。纵观历史，写作中的作家多少都有过类似的感觉。他们进入了一种共同的状态，将其称为灵感[①]比较方便，考虑到这种状态的存在，我们可以说，历史是发展的，而艺术是不变的。

历史发展、艺术不变是一句质朴的箴言，其实差不多也是个口号，尽管我们不得不用它，但这只能是一种粗略的认可。那里面只有一部分是真实的。

这个口号首先就让我们不去思考，人的心灵是不是一代不同于一代；比如托马斯·戴伦埃[②]是伊丽莎白女王时代的人，惯以诙谐的方式写店铺和酒馆，他和现代社会的同类作家之间有没有根本的不同——大概就是尼尔·里昂（Neil Lyons）或者佩特·里奇（Pett Ridge）这种水平的作家吧。实际上，戴伦埃和他们没什么不一样，作为个体的差异是有的，但没有根本的差异，不会因为他生活在四百年前就截然不同。四千年、一万四千年可能会让我们对此结论有所踌躇，但是四百年在人类生命历程中无足轻重，来不及产生什么明显的变化。所以我们这里的这句口号并不会造成实际的妨碍。我们大可坦然使用

① 我在《无名之辈》（*Anonymity*）这篇短文中谈了一点对灵感的这种解释，该书由伦敦霍加斯出版社出版。——原注

② 托马斯·戴伦埃（Thomas Deloney，1543？—1600），英国小说家。

这个说法。

如果我们转而去看传统的发展这个方面，看到因为不做以上思考而失去了什么，问题就严重了。除了流派、影响、时尚以外，英语小说中还有个技巧问题，而技巧的确一代不同于一代。比如嘲笑人物的技巧：让他们抽烟和让他们穿得破破烂烂并不完全一样；伊丽莎白时代的幽默小说家挑选嘲弄对象的方式与现代作家不同，嘲弄的手段也不一样。还有幻想的技巧：弗吉尼亚·伍尔夫的目的和整体效果虽然和斯特恩相似，但是采用的方法不同；她属于同一个传统，不过是后期的。还有写对话的技巧：上文所举的三组实例中没有一组是对话，不是我不想找对话，而是因为几百年来，“他说”和“她说”的使用方法变化太大，对上下文都产生了影响，作者对说话人的创作构思或许是相似的，但是在孤立的片段中好像就并非如此了。怎么说呢，这类问题我们没法探讨，必须承认我们能力不够，尽管我们可以放弃对题材演变和人类发展的探讨而不觉得有什么遗憾。文学传统是文学和历史之间的交界，装备精良的批评家会在这里投入大量时间来充实他们相应的判断。这地方我们去不了，因为我们读书太少。我们必须假设这一块属于历史，然后将其排除。我们必须拒绝和年代分析方法有任何瓜葛。

恕我在此引用本讲座上一位主讲人艾略特先生的话聊以自慰。在《圣林》① 一书的前言中，艾略特先生列举了批评家的若

---

① 《圣林》(*The Sacred Wood*：*Essays on Poetry and Criticism*) 是英国作家托马斯·斯特恩斯·艾略特（Thomas Stearns Eliot［T.S. Eliot］，1888—1965）的文学评论文集，出版于 1919 年。

干职责："保护传统是他的本职——这是说在有一个好传统存在的情况下。保持文学的稳定和完整也是他的本职；这尤其是指一定不要让文学因时代而神圣，而要让文学超越时代。"第一个职责我们无法履行，第二个职责我们必须想办法履行。我们既不能审视传统也不能保护传统。但是我们能设想小说家都坐在一个房间里，就以我们的无知，强迫他们摆脱年代和地域的局限。我想这么做是有价值的，否则我就不会斗胆接这个讲座了。

那么我们要如何对小说发起进攻呢？——这块地方弹性十足，以散文形式写就的虚构作品有一定长度，却扩张到了无法确定的地步。原则和体系也许对其他形式的艺术是适用的，在这里却行不通——真要用上了，其结论也必须提交再审。谁来再审呢？这个么，恐怕就得是人心了，就得是这种人对人的行为，才能以更为原初的形式提出公正的怀疑。检验小说最终还得看我们是否喜爱，就像检验友情或者其他无法定义的事情一样。感情用事对某些人来说是个比年代分析法更为恶劣的魔鬼，它会藏在暗处不时发话，要么是"噢，可是我很喜欢这个啊"，要么是"噢，可我没觉得这个好看啊"，在此我能承诺的只有一点，就是以感情来判断的声音不会太大，也不会太早。小说里强烈而令人窒息的人性特点不会回避；小说就是浸透了人性的；无论是激昂振奋的还是衰败颓丧的都无法避免，批评也无法将其排除在外。我们可以憎恨人性，可是如果把人性消除或者净化，小说也就枯萎了；除了一堆文字以外几乎什么也剩不下。

另外，我用"面面观"作为题目，因为这个说法比较含糊，不那么科学，还因为我们可以因此获得最大的自由度，因为“面面观”既指我们可以用来看小说的不同方式，也指小说家可以用来看自己作品的不同方式。我挑选出来供讨论的“面”有七个：故事、人物、情节、幻想、预言、模式、节奏。

## 二、故事

我们都会认同，小说最根本的方面就是讲故事，但是我们表达这一认同的口气是不一样的，而我们所得出的结论正好建立在我们现在所使用的口气这个基础上。

我们来听听三种口气。你问某一类人：“小说是干什么的？”他会淡淡地说：“这个嘛，我不知道，这个问题好像问得有点滑稽嘛，小说就是小说，嗯，我不知道，我猜大概就是讲故事吧，可以这么说。”他非常和蔼，含糊其词，或许还一边开着大客车，只知道文学挺了不起的，别的就不关心了。另一位我设想是在高尔夫球场上，比较咄咄逼人，快人快语。他会回答说：“小说是干什么的？还用说吗，当然是讲故事的，要是不讲故事，小说对我就没用。我喜欢故事。就我而言品位不高是吧，没错儿，可我就是喜欢故事。你可以喜欢你的美术，你可以喜欢你的文学，你可以喜欢你的音乐，但是请给我一个好故事。我希望故事就是故事。说明一下，我妻子跟我一样。”第三位说话的口气似乎有气无力又无可奈何：“是啊，噢，亲爱的，是这样，小说就是讲故事的。”我尊重而且赞赏第一个人。我厌恶也害怕第二个人。那第三个人就是我自己。是啊，噢，亲爱的，是这样，小说就是讲故事。这是小说的根本，没有这一“面”，小说就不会存在。这是所有小说都拥有的最重要的要素，而我但愿并非如此，小说还可以是别的东西——音乐，洞悉真理的思想，而不应该是那种返祖的初级形式。

因为我们越是去看那个故事（也就是的确是个故事的故事，注意这一点），就越是会将故事从靠它支撑起来的那些衍生出的细节中分离出来，于是可欣赏的东西也就越少。故事本身的进展过程就像一条脊柱——或者可以说像一条绦虫，因为故事的开端和结尾都是任意的。讲故事这件事极其古老，可以追溯到新石器时代，或者旧石器时代。尼安德特人就已开始听故事了，这也许可以从他们头盖骨的形状判断出来。原始时代的听众是这么一群人：他们头发蓬乱，打着哈欠围在篝火边，和猛犸象或者长毛犀牛斗了一天已然精疲力竭，只有听故事的悬念才能让他们保持清醒。然后怎么样了？讲故事的人絮絮叨叨地讲着，一旦听众猜到了后面是怎么回事，他们要么倒头睡去，要么就把讲故事的人给杀了。想想后来的谢赫拉莎德①，可以想象出讲故事的人会面临怎样的危险。谢赫拉莎德躲过了被杀的命运，因为她知道如何使用悬念这个武器——这是对暴君和野蛮人唯一有效的文学武器。她是个了不起的小说家——她的描写很细腻，评判宽容大度，事件安排巧妙，道德观念先进，人物刻画生动，对三大东方名城了如指掌——尽管如此，她能从她那可怕的丈夫手中救出自己的命靠的却不是以上任何一种才能。那些都不是决定因素。她活下来只是因为她能让国王一直想知道后来怎么样了。每次一看见太阳升起，她就把说了一半的话停

① 古代阿拉伯民间故事集《一千零一夜》（*One Thousand and One Nights*，又译《天方夜谭》）中女主人公的名字，又译山鲁佐德。

下来，随他去打哈欠。“这时谢赫拉莎德看见天亮了，就很小心地把话头打住。”这短短一句平淡无奇的话就是《一千零一夜》的脊柱，也就是那条绦虫，上千个夜晚就这样串在了一起，一位才华横溢王妃的性命得以保全。

我们都像谢赫拉莎德的丈夫一样，想知道后来怎么样了。这是普遍心理，所以小说的脊柱必须是故事。有些人只想知道这个——心中除了原始的好奇心以外一无所有，结果就是其他方面的文学鉴赏都十分滑稽可笑。现在可以给故事下定义了。故事就是依时间顺序对事件的叙述——正餐在早餐之后，星期二在星期一之后，腐烂在死亡之后，如此这般。故事本身只可能有一个价值：让读者想知道下一步发生了什么。反过来说，它也只可能有一种错误：让读者不想知道下一步发生了什么。对的确是个故事的故事来说，只可能做这两种批评。故事是层次最低、结构最简单的文学有机体，但故事又是我们称其为小说的那些极为复杂的文学有机体无不具备的最重要的要素。

我们把这个意义上的故事与其推进过程中那些更为高雅的方面剥离，用镊子将它夹出来——这只赤裸的时间之虫扭动着，无休无止，那样子既不好看又没趣味。不过我们可以从中学到很多东西。我们先从日常生活的角度来看看。

日常生活同样充满了时间意识。一般认为一件事总是发生在另一件事之前或之后的想法常常占据着我们的头脑，我们很多言谈举止都是按这种假设进行下去的。很多，不是全部。除了时间以外，生活中似乎还有别的东西，不妨称之为“价值”，那不是用分钟或者小时来度量的，而是用强度，所以在我们回顾以往的时候，往事并不是均匀地向过去延伸，而是堆成几个明显的山峰，我们观望未来的时候，眼前出现的似乎时而是一堵墙，时而是一团雾，时而是一轮太阳，但绝不是一张时间表。记忆和预期都对时间老人没多少兴趣，所有的梦想家、艺术家和恋人都在一定程度上从时间这个暴君手里得到了解放；他可以杀了他们，却无法抓住他们的注意力，在钟楼里的钟竭尽全力敲响命运最后一刻的那个瞬间，他们却有可能故意朝另一边看去。所以无论事实如何，日常生活其实都是由两种生活构成——时间意义上的生活和由价值来衡量的生活——我们的行为显示出一种双重的忠诚。“我只见了她五分钟，但是很值得。”一句话里就体现出了对两者的忠诚。故事所做的就是讲述时间意义上的生活。整部小说所做的——如果是一部好小说的话——就是把由价值来衡量的生活包含进去，用什么方法我们后面再细说。小说同样付出双重的忠诚。但是在这里面，在小说中，对时间的忠诚是必须的：没有哪一部小说可以抛弃这一点。而在日常生活中，对时间的忠诚则未必需要：我们对此不是很清楚，其实是某些神秘主义者的体验表明，对时间的忠诚并非必要，我们的想法大错特错了，星期一后面未必就是星期二，死亡后面未必就是腐烂。在日常生活中，你我总是有可能否认时间的存在而自行其是，哪怕我们变得不可理喻，被亲朋好友送进他们叫做精神病院的地方。但是一个小说家绝对不可能在自己作品的结构中排斥时间：他必须抓住他那个故事的线索不放，无论那线索多么细微缥缈，他必须触摸那条无休无止扭动着的绦虫，否则他就会变得不可理喻，这对小说家而言，就是个大错。

我并不想从哲学的角度来谈时间，因为（专家告诫我们）对外行来说这是个很危险的爱好，比从哲学角度来谈地域要危险得多；曾有著名的形而上学哲学家由于对时间问题表述不当而被赶下神坛。我只想说明，我在此做讲座，可以听见时钟在滴答作响，也可以听不见，这就让我可以保持时间意识，也可以失去时间意识；而在小说里，永远都有一座时钟。作者有可能并不喜欢这座钟。艾米莉·勃朗特在《呼啸山庄》① 里就很想把她的那座藏起来。斯特恩在《项狄传》里是把他那座钟倒过来放的。马塞尔·普鲁斯特更是聪明，他老是去拨指针，这样他的主人公就可以在同一个时间里又陪一个情妇吃晚饭，又和他的保姆一起在公园里玩球。所有这些手段都是合法的，都不否认我们的主张：小说的基础是故事，故事是按照时间顺序对事件的叙述。（顺便说一下，故事与情节不同。故事可以构成情节的基础，但情节是更高层次的有机体，我们在后面的讲座中会给出定义，进行讨论。）

谁来给我们讲故事呢？

当然是沃尔特·司各特爵士。

司各特是一位会让我们产生严重分歧的小说家。就我个人来说，我不喜欢他，也很难理解他为何长盛不衰。他在世时享有盛誉，这很好理解，其中有着重要的历史原因。如果我们是

---

① 《呼啸山庄》（*Wuthering Heights*）是英国女作家艾米莉·勃朗特（Emily Bronte, 1818—1848）的代表作。

按照年代划分法来讲的，这些原因我们就会讨论一下。可如果我们把他从时间的河流中捞出来放在那个圆形房间里，让他和其他小说家一起写作，他给人的印象就不那么深了。我们看到，他头脑琐碎，风格阴沉。他不善创建。他既没有超然的艺术气质也没有激情，而缺了这两者，作家怎么能够创作出深深打动我们的人物呢？超然的艺术气质——这个要求也许有点苛刻。可是激情——没错，激情这个要求是够低俗的，可是想想司各特费那么大劲堆出来的群山、开出来的峡谷，还有他精心毁掉的修道院，都呼唤着激情、激情，那里面却毫无激情的影子！他要有激情的话，就会是一位伟大的作家，若果真如此，多少笨拙和做作都无损其伟大。可他只有自我克制的心，温文尔雅的情感，加上对乡村充满理解的喜爱，这样的根基不足以写出伟大的小说。还有他的诚实——这一点更糟糕，因为那是一种纯粹道德和商业意义上的诚实。这个品质让他的最高需求得到了满足，他做梦也没想到还存在着另外一种诚实。

他的名气基于两个原因。首先，年长一代中的很多人是听着司各特的故事长大的；司各特总是唤起他们温馨而伤感的回忆，让他们想起在苏格兰度假的时光和那儿的老宅子。他们是真的喜欢他，就像我从前和现在都喜欢《瑞士人罗宾逊一家》①一样。我现在就可以讲讲这部小说，我会讲得十分精彩，原因就在于孩提时代留下来的那份情感。到我的大脑完全朽烂了的

① 《瑞士人罗宾逊一家》（*The Swiss Family Robinson*），又译为《海角一乐园》，瑞士作家约翰·大卫·怀斯（Johann David Wyss，1743—1818）的长篇海洋探险小说。

时候，我就不会再去费那个劲想什么文学巨著了。我会回到那个浪漫的海岸，就在那儿，“那条船猛地撞了上去”，从里面走出来四个小半仙儿，叫弗里兹、恩内斯特、杰克和小弗朗兹，还有他们的爸爸、妈妈，还有一个大坐垫，里面装着在热带生活十年要用到的所有东西。那是我永恒的夏天，那是《瑞士人罗宾逊一家》对我而言所具有的意义，沃尔特·司各特爵士对你们中的一些人不就只是这种意义吗？除了让你想起童年的快乐以外，他的确还有别的东西吗？在我们的大脑还没有朽烂之前，要想对作品有充分的理解，难道不是必须把所有这一切都抛开吗？

其次，司各特之所以有名也是因为他的确有一种真功夫。他会讲故事。那是他与生俱来的能力，他会制造悬念，让读者欲罢不能，他很善于利用读者的好奇心。我们来复述一下他的《古董商》（*The Antiquary*）这个故事——不是分析，分析是错误的方法，我是说复述。这样我们就能看到故事的本体，可以对其中简单的手法做些研究。

### 《古董商》第一章

十八世纪末一个夏日的早晨，天气晴好，一个斯文儒雅的年轻人要去苏格兰的东北部，他买了一张爱丁堡到昆斯费里也就是女王渡的普通车厢火车票，从这个地名就能看出来，北方的读者也都知道，昆斯费里有渡船过福斯湾。

这是《古董商》的开头，句子本身平淡无奇，但是交代了时间、地点，还有一个年轻人，这就设定了故事的场景。对于这位年轻人接下来的活动我们产生的兴趣处于中等状态。他的名字叫洛弗尔，带着一点神秘感。他是男主人公，否则司各特不会用斯文儒雅来形容他，这种人一定会让女主人公幸福。他遇见了乔纳森·欧巴克，就是那位古董商。他们上了火车，逐渐熟络起来，洛弗尔去了欧巴克的府上做客。他们在附近遇见了一个新的人物——伊迪·奥基尔特里。司各特很善于引入新的人物。他以十分自然的手法调配这些人物，同时让读者产生期待。伊迪·奥基尔特里承载的期待就很多。他是个乞丐，但绝非普通的乞丐，而是有浪漫情怀又为人可靠的流浪汉，难道他无助于我们揭开洛弗尔的神秘面纱？接着更多的人物出场：阿瑟·沃德爵士（家族古老，但不善经营）；他女儿伊莎贝拉（为人傲慢），这是洛弗尔单恋的女子；还有欧巴克的妹妹格里兹尔小姐。这位小姐的出场和伊迪一样也让读者充满期待。实际上，她起的作用只是一个喜剧性的转折，并不推进故事的发展，讲故事的作者安排了许多这样的转折。他无需始终苦心经营前后的因果关系，所讲的事情就是不推动故事的进展，他也可以保持在他简单的叙事艺术疆界之内。读者认为这些事件会有进展，可是读者一向粗心大意，容易疲劳，忘性很大。与用心编织情节的人不同，讲故事的人觉得多出些旁枝末节有好处。格里兹尔小姐就是这种旁枝末节的一个小例子；至于大的例子，我会选司各特的小说《拉美莫尔的新娘》（*The Bride of Lammermoor*），这个故事，作者自称是既无趣又悲惨的。司各特在书中给了掌玺大臣很多笔墨，不停地暗示他的性格缺陷会导致悲剧，而事实上，就是没有他，悲剧也会以同样的方式发生，只要有这几位就够了：埃德加，露西，阿仕顿夫人，布克劳。好，我们再回头看《古董商》，在一次晚宴上，欧巴克和阿瑟爵士吵了起来，阿瑟爵士一生气就带着女儿提前离开了，他们打算穿过沙滩走回家。潮水涨起来是要漫过沙滩的。涨潮了。阿瑟爵士和女儿伊莎贝拉被海水阻隔在沙滩上，身处险境，这时他们遇见了伊迪·奥基尔特里。这是故事里出现的第一个危机时刻，我们看看一个专门讲故事的人是怎么处理这个局面的：

> 他们一边说着这几句话，一边在地势最高的礁石边停下脚步，也只能走到这里了，再往前看样子生死难料。于是他们站在那里，静观愤怒的大自然缓慢却坚定地变化着。此情此景颇有点像早期基督徒殉道者的处境，他们任由异教徒暴君宰割，即将惨遭野兽撕咬，有一段时间不得不眼看着野兽在刺激下变得焦躁狂怒，等待着栅栏门打开好向猎物扑去。
>
> 可就在这令人心惊胆战的间隙里，伊莎贝拉竟然有了时间来凝神思考的力量，她的头脑天生强壮而勇敢，在这紧要关头就振作了起来。“我们就这样等死，”她说，“不拼一下吗？就没有一条路吗？不管多危险，我们可以顺着那条路爬上峭壁，起码可以走到比潮水高的地方，在那儿等到天亮，或者等到有人来救我们。他们肯定知道我们的处境，会发动大家来救我们的。”

这就是女主人公说的话，她的语气让读者也着实定下神来。可我们还是想知道后来怎么样了。礁石是纸板做的，不是真的，跟我喜欢的《瑞士人罗宾逊一家》中一样；司各特一只手拧开了暴风雨，另一只手奋笔疾书，扯上了早期基督徒；整个过程中没有真诚，没有危险的感觉；完全没有激情，只是敷衍了事，可我们就是想知道后来怎么样了。

还用说吗——洛弗尔救了他们。对啊，我们该想到的嘛；那么后来呢？

我们来看另一个旁枝末节。洛弗尔被古董商安排住进一个闹鬼的房间，他在房间里要么是做梦要么是产生了幻觉，反正是看见了主人的先人，这位先人对他说了句“Kunst macht Gunst”，因为不懂德语，他一时也不明白是什么意思，后来搞清楚了，那句话的意思是“爱要智取”：他必须想办法来赢得伊莎贝拉的芳心。换言之，超自然的力量实际上对故事的发展不起什么作用。虽然有对挂毯和暴雨的描述予以烘托，也不过就是引入了一句抄来的格言而已。可读者未必明白这一点。听到“Kunst macht Gunst”，他便兴奋起来，注意力被引到另一件事情上去了，而故事本身则按时间顺序继续向前发展。

还有圣鲁斯教堂废墟上的野餐。杜斯特斯威弗尔出场，一个邪恶的外国人，是他把阿瑟爵士拉进开矿计划的，他的迷信受到嘲笑，因为不是苏格兰边境一带人们相信的那种。接着古董商的外甥赫克托·麦金泰尔出场，他怀疑洛弗尔是冒名顶替的。两个人进行了决斗，洛弗尔以为自己杀死了对方，而伊迪·奥基尔特里照例在这种时候出现，洛弗尔就和伊迪一起逃跑了。他们藏身于圣鲁斯教堂废墟，在那里目睹了杜斯特斯威弗尔如何骗阿瑟爵士寻宝。洛弗尔上了一条军舰逃走了——眼不见，心不念，我们不再为他操心，直到他再次出现。第二次圣鲁斯废墟寻宝，阿瑟爵士发现了一批白银。第三次寻宝，杜斯特斯威弗尔挨了一顿痛打，醒来时看见了格伦纳兰老伯爵夫人的葬礼，她是午夜时分秘密葬入圣鲁斯教堂废墟的，原来格伦纳兰家族是天主教徒。

其实格伦纳兰家在故事中处于非常重要的位置，可作者将其引入的方式却如此漫不经心！他们引起了杜斯特斯威弗尔的注意，如此而已，毫无技巧可言。他恰好在现场，司各特就借他的眼睛看了一眼。此时读者已经非常温顺了，看了前面一连串的小插曲之后，读者开始打哈欠了，就像洞穴里的原始人那样。这时候格伦纳兰家这个线索开始发挥作用，圣鲁斯教堂废墟场景关闭，我们进入可以称为“前故事”的这一段，两个新的人物插了进来，大肆抖落陈年丑事。这两个人是：艾尔斯佩思·马克尔巴基特，一个预言家式的渔妇，还有格伦纳兰伯爵，死去的老伯爵夫人之子。他们的对话中穿插着其他事件——伊迪·奥基尔特里被捕、受审、释放，一个新的人物溺亡，赫克托·麦金泰尔在叔叔家养伤期间的趣事。但要点是：许多年前，格伦纳兰伯爵违背母亲的意愿娶了一位名叫埃维莉娜·内维尔的姑娘，后来得知她是自己同父异母的妹妹。他吓得失去理智，离开了即将分娩的妻子。这时他母亲从前的女仆艾尔斯佩思对他解释说，埃维莉娜和他没有血缘关系，她生下孩子后就死了，当时艾尔斯佩思和另外一个女人在场，而那个孩子却不见了。格伦纳兰伯爵于是去找古董商询问，古董商是这个地区的治安官，对此事略有所知，而且他也爱过埃维莉娜。后来又怎么样了呢？阿瑟·沃德爵士的财产变卖光了，是杜斯特斯威弗尔害他破了产。然后呢？有消息说法国军队要登陆英伦了。再后来呢？洛弗尔成了英军的一名指挥官。他现在自称为“内维尔少校”。可即便是叫他“内维尔少校”也不对，因为他正是格伦纳兰伯爵爵位合法的继承人。一部分通过艾尔斯佩思·马克尔巴基特，一部分通过当年的另一位仆人（格伦纳兰伯爵在国外遇见她时，她已经做了修女），一部分通过一个现在已经去世的叔叔，一部分通过伊迪·奥基尔特里，真相总算全部搞清楚了。形成这个大结局的原因很多，但是司各特对此不感兴趣；他懒得解释，就把这些原因全都抛到了一边；他认真对待的目标只有一个，就是让事情一件接着一件发生。那么后来呢？伊莎贝拉·沃德变得柔顺了，嫁给了男主人公。再后来呢？再后来故事就结束了。我们绝不可以老是问“后来呢”。时间这条线再往前多追一秒，结果就是天差地别。

《古董商》这本书里，小说家出自本能突显了时间意义上的生活，这必然导致情感的松弛和见识的肤浅，特别是导致将结婚作为结局这种没头脑的做法。时间也可以有意识地突显，另外一本完全不同的书中就有一个例子，这是一本令人难忘的小说：阿诺德·本涅特的《老妇谭》①。时间是《老妇谭》真正的主

① 《老妇谭》(*The Old Wives' Tale*，1908)，又译《婆婆经》《老妇人的故事》，是英国作家阿诺德·本涅特（Arnold Bennett，1867—1931）的代表作。

人公。故事里的一切都是时间的造物——唯有克里奇洛先生的命运是个例外，而这个奇异的例外反而更加证明了时间的力量。索菲亚和康斯坦丝是时间的孩子，我们从看见她们拽着母亲的衣裙嬉戏开始就知道，她们注定要以完美的姿态日渐衰败，这在文学作品中是罕见的。她们是女孩儿，索菲亚离家出走嫁了人，她母亲死了，康斯坦丝结婚了，她丈夫死了，索菲亚的丈夫死了，索菲亚死了，康斯坦丝死了，家里那只患风湿病的老狗脚步蹒跚地走到碟子跟前，想看看还有什么东西可吃。我们时间意义上的日常生活的确就是这么回事，像索菲亚和康斯坦丝一样日渐老去，直到动脉阻塞；一个只是故事的故事，听起来很健康，绝不胡说，以这种认真写出来的结尾只能是进坟墓。这样的结尾不能令人满意。我们当然是要老的。可是一本伟大的书，其立足之本必须超越"当然"；《老妇谭》非常有力、真诚、悲伤——唯独缺了伟大。

《战争与和平》怎么样？那部作品毫无疑问是伟大的，它同样重点突出了时间的作用和一代人的兴衰。托尔斯泰和本涅特一样，有勇气展示人变老的过程——尼古拉和娜塔莎只走了这个过程的一部分，其实却比走完了这个过程的康斯坦丝和索菲亚承受了更多的凶险：仿佛我们自己更多的青春也随之消失了。可是为什么《战争与和平》并不令人消沉呢？这可能是因为它不仅时间跨度大，空间跨度也大，那种空间感后来让人感觉可怕，而在那之前，始终是十分欢快的，这样就产生了一种像音乐一样的效果。我们开始读《战争与和平》之后，不一会儿宏伟的和弦就响了起来，我们都说不清这声音来自何方。不是来自故事，尽管托尔斯泰也像司各特一样十分注重悬念，也像本涅特一样十分真诚。不是来自书中的趣闻轶事，也不是来自人物。它来自广袤的俄罗斯大地，小说里的事件和人物就散落在这片土地上，那些桥梁和冰封的河流，那些森林、道路、花园、田野，我们读过之后，所有这一切就汇聚成了壮美洪亮的和弦。许多小说家具备敏锐的地方感，比如五镇①和老雷基②，等等。但是极少有小说家具备空间感，而拥有空间感是托尔斯泰神圣武器库中的一件法宝。空间才是《战争与和平》的主宰，不是时间。

故事是一种语气的储藏室，此言可为故事定性。这是小说家作品中需要读出声来才能领会的那一面，不像大多数散文那样诉诸眼睛，而是诉诸耳朵，在这一点上与演讲术颇有共同之处。语气并不提供旋律或者节奏。要想获取这两者，说来或许奇怪，用眼睛看就足够了；心灵转化而成的眼光可以轻而易举地捕捉某一段落或对话中具有美学价值的声音，让我们得到享受——没错，这种眼光甚至可以将其压缩以便于我们迅速接受，比诵读的效果还快，就像有些人读谱的速度比用钢琴弹出来还快一样。然而眼光捕捉语气却没有那么快。《古董商》的开头一句并无声音之美，不过要是不读出来，我们也会失去某些东西。

---

① 指位于英格兰西部斯塔福德郡的五座工业城镇，盛产陶瓷。阿诺德·本涅特出生于此，后以五镇生活为题材创作了“五镇”系列小说，包括《五镇的安娜》(*Anna of the Five Towns*，1902)，《老妇谭》(1908)，《克莱汉格》三部曲(*Clayhanger Family*，1910—1915)。

② 老雷基（Auld Reekie）是苏格兰首府爱丁堡的别称。

我们的心灵与沃尔特·司各特的心灵默默对话，那收益却是有所损失的。除了一件接着一件讲述事情，由于和语气的关联，故事就有了附加意义。

不过附加的意义并不多。也不像作者的个性这样重要。作者的个性如果确实有的话，是通过层次更高的手段表现出来的，比如人物或者情节或者作者对生活的评论。故事在这个方面特有的功能可以起到的最大作用就是把我们从读者变成听者，去听"一种"语气的讲述，也就是部落里那位故事讲述者的语气，他蹲在洞穴的中央，用这种语气一件事接着一件事讲着，直到听众在自己留下的残羹剩骨之间昏昏睡去。故事具有原始性，可以追溯至文学的起源，那是阅读出现之前，故事唤起的是我们身上原始的兴趣。所以我们才如此不可理喻地倾心于自己喜欢的故事，对那些另有所爱的人很容易冒火。比如有人嘲笑我喜欢《瑞士人罗宾逊一家》我就非常生气，我希望我也惹恼了你们中间那些喜欢司各特的人！大家明白我的意思。故事会引发不宽容的气氛。故事与道德无涉，也无益于理解小说的其他方面。若要全面理解小说，必须走出洞穴。

我们还不忙走出去，现在得考察一下另一种生活，也就是价值意义上的生活如何从各个方面挤压小说，如何轻而易举地填满小说甚至扭曲小说，其途径就是提供人物、情节、幻想、宇宙观，应有尽有，除了那个不断出现的"然后……后来……"，那是我们这一节探讨的问题所作出的唯一贡献。时间意义上的生活显然是层次很低、等而下之的，那么问题就来了：小说家将时间要素从作品中剔除，甚至像神秘主义者声称的已经将其从个人经验中剔除了一样，然后让闪闪发光的价值要素取而代之一枝独秀，怎么就不可以呢？

实际上，还真的有一位小说家做了剔除时间的尝试，她的失败颇能给人以启发，这就是格特鲁德·斯坦[①]。她比艾米莉·勃朗特、斯特恩、普鲁斯特走得更远，干脆把她小说里的时钟砸得粉碎，把碎片撒得满世界都是，就像埃及王子奥里西斯被杀之后散落各处的残肢。她这样做不是出于顽劣，而是出于一个高尚的动机：她想把小说从时间暴君手中解放出来，在小说中只表现价值意义上的生活。她失败了，因为小说一旦完全摆脱了时间，就什么也表现不了，在她后期的创作中，我们就可以看到她在逐渐往下滑。她想完全去除小说中的时间这一面，即按时间排列的顺序这个要素，我非常理解她。要这样做，她就必须去除句子之间的顺序。可这是行不通的，除非句子之内词的顺序也取消，而这又要求取消词内字母或者音的顺序。至此，她就站在了悬崖边上。她的这种实验并无可笑之处。与其重写司各特的威弗利系列小说，不如像这样戏写一番更有意义。然而这种实验注定失败。时间顺序在被摧毁的同时，必然要将其所有的替代物一并毁掉；只想表现价值的小说会变得无法理解，也因此毫无价值。

正因为如此，我必须请大家和我一起用正确的口气重复一下今天这节课开始的时候我说的那几句话。不要像大客车司机

① 格特鲁德·斯坦（Gertrude Stein，1874—1946），美国小说家、诗人、剧作家、理论家和收藏家，代表作是小说《毛小姐与皮女士》（*Miss Furr & Mrs. Skeene*，1922）。

那样说得和蔼可亲又含糊其词：你没有那个权利。不要像打高尔夫球的人那样说得干脆利落又咄咄逼人：你比他懂得多。带着一点忧伤来说，你就对了。是啊，噢，亲爱的，是这样，小说就是讲故事。

## 三、人物

我们讨论了故事这个小说中简单却又根本的一“面”之后，现在可以转向一个更加有趣的话题了，这就是故事中的行动者。我们不必问后来发生了什么，而是要问这事发生在谁身上；小说家要吸引我们的智力和想象力，而不仅仅是我们的好奇心。一个新的重点出现在他的声音里：对价值的重视。

故事中的行动者通常为人，故将这一方面称为“人物”以便于讨论。小说中的角色也曾由动物充当，但成功的例子不多，因为到目前为止我们对动物的心理知之甚少。这一点将来或者很有可能有所改变，可以与之相比较的是小说家以往对野蛮人的描述所发生的变化。吉卜林笔下的狼与其两百年后在文学作品中的后代之间出现的鸿沟或许和“星期五”① 与巴图阿拉② 之间的鸿沟不相上下，我们会看到那些动物既不是象征性的符号，也不是伪装了的小矮人，不是四条腿的活动桌子，也不是会飞的彩色纸片。为小说提供新的素材也许是科学帮助小说扩展的一个途径。不过这种帮助还没有出现，在此之前，我们且将故事里的行动者视为人类。

---

① 丹尼尔·笛福的《鲁滨孙漂流记》(1719）中主人公土著仆人的名字。

② 圭亚那裔法国诗人、小说家勒内·马朗（René Maran，1887—1960）的小说《巴图阿拉》(*Batouala*，1921）中的人物。

小说家自己就是人类，所以在他和小说的素材之间有一种天然的亲近关系，这在很多其他艺术形式中是没有的。历史学家也和人有关系，不过我们会看到，这种关系不像小说家有的那么亲近密切。画家和雕塑家不需要这种关系，也就是说，他们不需要表现人，除非他们愿意。诗人也是同样，而音乐家要是不借助某种表演形式，即便愿意也表现不了。和他的很多艺术同行不一样的是，小说家大致以自己为样本（只是大致：精细的描写留待后来的作品）造出一堆一堆的词语，给这些词语加上姓名和性别，让他们做出合理的姿势动作，叫他们说话，把他们说的话放在引号里，也许还要让他们的举止连贯而一致。这一堆一堆的词语就是他的人物。他们并非这般冷静地出现在作家头脑中，而是作家以狂热的激情创造出来的，尽管如此，他们的性格还来自作家对他人和对自己的猜想，也还会进一步调整，以便与小说的其他方面匹配。最后这一点，也就是人物与小说其他方面的关系，是我们后面要探索的话题。眼下我们只考虑人物与现实生活的关系。小说中的人物和小说家、你我或者维多利亚女王这样的现实人物有什么不同呢？

不同是必然存在的。如果小说里的一个人物与维多利亚女王完全一样——不是很像而是完全一样——那她就是维多利亚女王本人，而这部小说或者说这个人物所涉及的一切就成了一部回忆录。回忆录是历史，以事实为立足之本。小说的立足之本是事实加上或者减去 $X$，这个不定量就是小说家的气质，而且这个不定量总是会改变事实所产生的效果，有时会把它变得面目全非。

历史学家关注的是行动，关注人的个性很少，除非他可以从人的行动中推断出其个性。他也和小说家一样十分关注人物，但他只是在人物有所表现的时候才知道人物的存在。维多利亚女王要是不说“我们不觉得有趣”，坐在她身边的人就不会知道她不高兴了，她的厌倦情绪也绝不可能公之于众。她也许就是皱了一下眉头，他们由此推测出她的心情——表情和手势也属于历史事实。可如果她面无表情——那谁会知道呢？隐藏的生活，顾名思义，就是看不见的。隐藏的生活有了外在的表现就不再是隐藏的了，而是进入了行动的领域。从源头上揭示隐藏的生活正是小说家的作用：让我们更多地了解维多利亚女王，超出我们所能知道的范围，这样就塑造了一个人物，这个人物却并非历史上的维多利亚女王。

一位笔名为阿兰①的法国批评家，有趣而敏锐，在这个问题上，他提出了一些似乎异想天开却很有用的看法。他有点力所不逮了，不过比我还强些，也许我们的看法合起来可以到达彼岸。阿兰逐个考察了各种形式的美学活动，讲到小说（le roman）的时候，他断言每个人都有两面，分别与历史和小说契合。人身上可以观察到的一切，即他的行动以及可以从这些行动中推断出来的他的精神世界，都属于历史这个领域。而他传奇性的或者浪漫的一面（sa partie romanesque ou romantique）则包含了“各种纯粹的激情，也就是他出于礼貌或者羞耻心不会说出来的梦想、欢乐、悲伤和自省”，表达人类天性的这一面是

① 埃米尔·奥古斯特·沙尔捷（Emile Auguste Chartier，1868—1951），法国作家，笔名阿兰（Alain）。

小说的一个主要功能。“小说中的虚构指的与其说是那个故事，还不如说是将想法化为行动的那种方法，也就是一种在日常生活中绝不会出现的方法……历史看重的是外部原因，所以命运观念居于主导地位，而小说中是没有命运的；那里的一切都建立在人性的基础上，居于主导地位的感觉是，有这样一种存在，其中的一切都是有意图的，包括激情和犯罪，甚至痛苦。”①

绕了这么大一个弯子，也许只讲了一个英国小学生都明白的道理：历史学家是做记录的，而小说家一定要有所创造才行。尽管如此，绕这个弯子也不无裨益，由此我们知道了日常生活中的人与小说中的人有根本性的区别。在日常生活中，我们无法真正相互了解，因为完全彻底的洞察力和完全彻底的自白都是不存在的。我们大致了解彼此，依据的是外部迹象，这足以构成社交甚至亲密关系所需要的基础。但是小说中的人，假如作者愿意，读者是可以完全了解的，其内心活动和外部生活一样，都可以展示出来。所以我们才会看小说中的人物似乎常常比看历史人物甚至比看身边的朋友都更清楚；他们的一切，只要能知道的，我们都知道了；他们即便不完美或者不真实，都无秘密可言，而我们的朋友是有秘密的，也必须有，相互之间保有秘密是地球上人类生活的一个前提条件。

现在我们来用更像是小学生的方式重新表述一下这个问题。你我都是人。我们简单梳理一下自己生活中的主要事实如何？不是指个人职业生涯中的事实，而是指构成人类生活的事实。

---

① 改述自《美术系统》(*Système des Beaux Arts*) 第314—315页。感谢安德烈·莫洛亚先生（M. André Maurois）向我推荐了这篇文章，让我深受启发。——原注

这样我们就可以有明确的出发点了。

人这一生有五件大事：生、食、睡、爱、死。也可以多于五件，比如呼吸，不过这五件是最明显的。我们来简单思考一下这五件事在我们生活中的作用及其在小说中的作用。对这五件事，小说家是倾向于准确再现，还是倾向于夸张描述、减到最低限度或者忽略不提，让他笔下的人物经历的过程和你我体验的都不一样，尽管都有着相同的名称？

首先来看最陌生的两件：出生和死亡。之所以说最陌生，是因为这两件既是经历又不是经历。我们只是听人说而已。我们都经历过出生，却不记得当时的情景。甚至从一出生起，死亡就向我们走来，可是同样，我们也不知道死亡是什么样子。我们最后的经历和最初的经历一样，都是推测出来的。我们就在这两个未知的点之间移动。某些人自认为可以告诉我们生死是怎么回事：比如为人母者对生就有着自己的观点；医生和牧师则对生死两者都有自己的观点。可这些全都来自外界，初生婴儿和刚去世的遗体这两个本来可以给我们解惑的实体都做不了这件事，因为他们发送其体验的器官和我们的接收器官不匹配。

所以我们可以这样看：人的一生始于一种不曾记得的经历，终于一种只能预见不能理解的经历。小说家打算作为人物写进小说的正是这些生命体，或者与之十分相似的生命体。小说家有权记得一切，理解一切，只要他觉得合适。生活中隐秘的部分他全都知道。他的人物出生以后什么时候出场，去世前多久才退场呢？对于生死这两种奇异的人生经历，小说家会说些什么，或者说要让我们感受些什么呢？

然后是进食，这是个添加燃料的过程，保持个体的生命之火不灭，这个过程在出生之前就开始了，出生后由母亲来继续，最后由本人接过来，一天又一天，把各种各样的东西放进脸上的一个洞里，不厌其烦，也毫不见怪：进食是连接已知和遗忘的纽带；进食与出生有着密切的联系，这一点我们谁都不记得了，而进食还一直延续到今天的早餐。就像睡眠一样——进食在很多方面和睡眠很像——进食不仅仅是恢复我们的体力，还有审美的一面，因为食物的味道有好有坏。那么这样一个两面体在小说中是怎样的光景呢？

第四是睡眠。平均来说，我们有大约三分之一的时间既不是用于社会活动或者说文明活动，也不是用于通常所称的独处。我们进入一个几乎未知的世界，离开之后回想起来，那里的事好像有的已经忘了，有的像是漫画版的现实世界，有的则像一种启示。我们醒来后会说“我什么也没梦到”，或者“我梦见一架梯子”，或者“我梦见了天堂”。我不想讨论睡眠和梦的本质，只想提示一点：这两样东西占据了大量的时间，所谓“历史”仅仅忙于记录人生的三分之二，然后据此建立理论。小说也持同样的态度吗？

最后一件事，爱。我是在最宽泛和最乏味的意义上使用爱这个光彩夺目的字眼的。首先请允许我用非常简单而枯燥的词对性做一描述。人出生后若干年，身心会发生某些变化，和动物一样，这些变化常导致一个人与另一个人结合，然后生出更多的人。人类就这样得到延续。性萌发于青春期之前，延伸至生育期之后，实际上伴随着我们的一生，尽管在婚配的年龄及其影响在周围人看来更为明显。除了性爱，还有些情感，也是越成熟越强烈：比如各种令人振奋的精神活动，像喜爱、友情、爱国热情、对神的感情——我们很想对性爱和这些情感之间的关系做出明确的判断，可是一旦这样做，势必要争得不可开交，就像沃尔特·司各特可能引发的争论一样，或许还要更为激烈。那我就只是罗列一下各种不同观点吧。有的人认为性爱是最基本的，所有其他的爱都以其为基础——对朋友的爱，对上帝的爱，对国家的爱。有的人认为性爱与这些爱相关联，但只是横向的，并不是根基。也有的人认为它和其他的爱没有任何关联。我的建议只是，我们把这类情感统称为爱，将其视为人必须经历的第五件大事。人在爱的时候是想有所得的。同时他也想有所付出，这双重的目的就使得爱比进食和睡觉更为复杂。爱既自私，也利他，无论向一个方向侧重多少都不会严重削弱另一方。那么爱花去我们多少时间呢？这个问题听上去有点蠢，但是必须回答，因为影响到我们正在讨论的这个话题。二十四个小时里，睡眠大约占去八个小时，进食要两个多小时。我们把爱也设想为两个小时如何？这个量无疑是相当可观的了。爱可以与其他活动交织在一起——困倦和饥饿也是如此。爱可以引发各种次生活动，比如一个人可以因为热爱家庭而在股票交易上花很多时间，或者因为爱上帝而在教堂里用去很多时间。但是每天用超出两个小时的时间与其所热爱的任何对象做情感交流还是要大受质疑的，而正是这种情感交流、这种付出和索取并存的欲望、这种慷慨与期待的混合状态使得爱与我们列出的其他经历截然不同。

这便是人性的构成——即使并不全面。如此构成的小说家本人，手里握着笔，进入一种通常称为“灵感”的非正常状态，开始创造人物。也许这些人物会在他的小说中不得不陷入这五件事以外的其他事情：这种情况经常出现（在亨利·詹姆斯的小说中极为突出），这样一来，这些人物的人性构成自然就得做相应的改变。而我们现在考虑的是更为普通的小说家，他们的主要热情在于写人，为此愿意牺牲掉很多东西——故事、情节、形式以及偶然出现的美。

那么，在什么意义上小说国度里的人不同于现实国度里的人呢？这一点很难概括，因为从科学的意义上说，两者之间毫无共同之处；比如小说里的人不需要拥有腺体，而现实中所有的人都有腺体。尽管如此，虽然无法给出严格的定义，小说里的人还是倾向于按照和现实中的人相同的方式行事。

首先，他们来到世上的方式就更像是投递的包裹而不像人。小说中一个婴儿的降临通常都很像是寄来的。“投送”完毕，一个年长一些的人物去把婴儿取来，展示给读者看，之后通常又“冷藏”起来，直到孩子会说话了，或者能以别的方式有助于故事进展了再出场。这种做法以及所有其他与现实世界不同的做法都有一种既好又坏的原因；稍后我们再来说这一点，现在还是好好观察一下，小说国度里的人问世是以一种多么敷衍的方式完成的。在斯特恩和詹姆斯·乔伊斯之间，几乎没有哪个作家尝试过用生孩子的真实细节当素材，也没有杜撰出一套新的细节，除了以一种婆婆妈妈的热心唠叨方式出现以外，也没有谁打算去追溯婴儿的心理，对无疑是现成的文学财富加以利用。也许这一点是做不到的。我们等一会儿再下结论吧。

来说说死亡。和出生相比，对死亡的处理却从观察所得中受益良多，有各种不同的写法，说明小说家从中获得了与自己所需相适应的感觉。其原因在于，死亡可以使整部小说结束得干脆利落，此外还有一个不太明显的原因是，他越写就越发现，从已知写到不可知比较好写，而从不可知的出生写到已知则未必。等写到他的人物要死了，他已经十分了解这个人了；他既能做到拿捏得当，也可以加入想象——这是最佳组合状态。举个写死亡的小例子——《巴赛特的最后纪事》① 中普鲁迪太太的死。整个过程都很正常，效果却十分吓人。特罗洛普在书中让普鲁迪太太漫步走过教区里的许多小路，写她的步伐，写她勃然大怒，让我们慢慢适应她的性格和心机，适应她那句“主教，想想人们的灵魂吧”，甚至到了厌倦的地步，然后她突发心脏病，就在自己的床边，她漫步走到头了——普鲁迪太太的一生就此结束。几乎没有什么是小说家不能从“日常的死亡”中借来一用的，也几乎没有什么是他杜撰了以后或许没什么用处的。通往那片不可知领域的门向他洞开，他甚至可以跟随他的人物穿过这扇门，只要他想象力丰富，而且不打算给我们带回“那个世界”一鳞半爪的招魂讯息就行了。

那么进食这第三件大事又是如何呢？小说中的进食主要是起社交作用的。吃饭把人物聚在一起，但是他们这样做却很少

---

① 《巴赛特的最后纪事》(*The Last Chronicle of Barset*，1866）是英国作家安东尼·特罗洛普（Anthony Trollope，1815—1882）的长篇小说。

出于生理需要，很少享受那些美味，而且除非有特别的要求，他们也从不消化食物。他们如饥似渴的是彼此的陪伴，就像我们在生活中彼此需求一样，但是我们对早餐和午餐同样没完没了的渴望却不会在书中反映出来。甚至诗歌都做得比小说好，起码会写到吃饭这件事具有美感的一面。弥尔顿[①]和济慈[②]都比乔治·梅瑞狄斯更注意吞咽的感官享受。

还有睡眠。也是流于表面。没人特别关注无知无觉的状态或者实际的梦境。梦要么是有逻辑的，要么是由以往和预期中印象深刻的小碎片组成的拼贴画。小说里梦的出现是伴随着意图的，这意图并非系于人物生活的整体，而是系于他醒着的时候经历的那一部分。小说人物从构思上就从来没有被视为一个三分之一的时间处于不可知状态的生命体。小说家在其他方面所避免的，正是历史学家那种有限的白日视野。那他为什么不应该去理解或者重建睡眠呢？请记住，小说家是有权杜撰的，而且我们知道什么时候他是真的在杜撰，因为他的激情让我们相信了不可能的事。可是他既没有照搬现实中的睡眠也没有纯粹杜撰。他只是将两者融合在了一起。

下面谈爱。大家都知道爱在小说中占据着多么巨大的分量，所以也许都会同意我的看法：这种状况已经伤害了小说，使之单调乏味了。为什么偏偏是这种人生经历，尤其是以性爱的形式出现，会如此大量地移植到小说里？隐约想起一本小说，就会想到里面引人关注的爱情故事：一男一女想要结合，或许还

① 约翰·弥尔顿（John Milton，1608—1674），英国诗人。
② 约翰·济慈（John Keats，1795—1821），英国诗人。

成功了。隐约想起自己的生活或者某个群体的生活，脑子里的印象就非常不同，而且更为复杂。

似乎有两个原因可以解释，为什么在感情非常真挚的小说佳作里，爱情也过分突出了。

首先，当小说家停止设计其人物而开始塑造他们的时候，他心目中“爱”的各个方面都变得非常重要，于是无意之间，他就使得他笔下的人物对爱过于敏感。所谓“过于”即是说，人们在生活中是不会为此费这么多事的。人物彼此之间持续不断的神经过敏，即便是在菲尔丁这样风格粗犷的作家作品里也十分突出，而在生活中是不会这样的，除非是闲得发慌的人。激情，偶尔表现强烈——没问题，但是不能总是处于这种状态，这样没完没了地彼此调适，这样无休无止地相互渴望。我想这都是小说家写作的时候自己内心状态的反映，爱情在小说中占据主导地位的一部分原因即在于此。

第二个原因从逻辑上看属于我们讨论的另一个部分，不过要在这里谈谈。和死亡一样，小说家之所以喜欢写爱情，是因为收尾方便。他可以使之成为永恒，他的读者会欣然同意，因为与爱情相关的一个幻想就是爱情会永存。没有永存过——会永存的。全部的历史和我们所有的经验都教导我们，没有哪一种人与人之间的关系是恒久不变的，不稳定才正常，就像构成这种关系的那些生命体本身一样，要想使其持续下去，他们就得像玩杂耍的人那样努力保持平衡；若真恒久不变了，那也就不再是人与人之间的关系了，而成为一种社会习惯，其重点已经从爱情转移到了婚姻。所有这些我们都知道，可我们还是忍受不了用这个苦涩的认识去看待未来；未来应该完全不同；一个完美的人会出现的，要么就是我们认识的某个人会变得完美。不会有改变，不必去提防。我们会幸福，也许会痛苦，永远永远。任何一种强烈的情感都伴随着对永恒的幻想，小说家就是抓住了这一点。他们通常以有情人终成眷属来结尾，对此我们并不反对，因为我们在他们身上寄托了梦想。

在此我们要总结一下对**真实人和虚构人**[①]这两个近亲物种所做的比较了。虚构人比他的近亲更加难以捉摸。他是在成百上千个不同的小说家头脑中创造出来的，孕育方式千差万别，所以绝不能一概而论。不过他的特征我们还是可以说出一点来的。一般来说，他生不知所以，死后却还能存在，他几乎不需要吃饭睡觉，他不知疲倦地忙于处理各种人际关系。而且至关重要的是，我们对他的了解超出了我们对身边同类的了解，因为他的创造者和故事的叙述者是同一的。若有夸张的才能，我们也许会如此感叹："让上帝来讲宇宙的故事，宇宙就会成为虚构作品。"

因为这就是写小说的原则。

经过这一番抽象思考之后，我们来找个简单的人物作例子稍微探讨一下。摩尔·弗兰德斯[②]比较合适。与她同名的那部小说里全都是她的故事，或者不如说她在里面一枝独秀，就像公园草坪上的一棵树，我们从各个角度都可以看到，不必担心其

① 原文为拉丁语词 *homo sapiens*（现代智人，即人类）和 *homo fictus*。

② 丹尼尔·笛福 1722 年的小说《摩尔·弗兰德斯》(*Moll Flanders*) 中的女主人公。

他树木遮挡视线。像司各特一样，笛福讲了个故事，我们会看到，书中设伏笔的方式也和司各特很相似，全看作者是不是愿意在后面把线索捡起来，常见的是此后就没了下文，比如摩尔早年的那几个孩子。不过寻找笛福与司各特之间的共同之处不能勉强。笛福感兴趣的是女主人公，小说的形式也就很自然地从她的个性出发来安排。她失身于两兄弟中的弟弟，却与哥哥结了婚，在她刚开始挣钱谋生那段还算快乐的日子里，她一心向往的是成家过日子而不是卖笑，她用一颗正派而深情的心所拥有的全部力量来憎恨她所从事的这个营生。她和笛福笔下大多数底层人物一样，彼此善良相待，他们相互慰藉，为个人之间的忠诚甘冒风险。他们与生俱来的善良总能战胜作者的理性评判而蓬勃绽放，而作者之所以头脑冷静显然是因为他本人在新门监狱的时候有过某种铭心刻骨的经历。我们不知道他经历了什么，也许他自己后来都记不清了，他可是个大大咧咧的记者，一个热衷政治的人，忙得不可开交。但他在狱中的时候的确遇到了什么事，给他造成了虽然模糊却十分强烈的情感冲击，由此诞生了摩尔和罗克珊娜[①]。摩尔是个活色生香的形象，丰满结实的四肢上得了床，也偷得了东西。她并不注重外表，却动人心魄，让我们看到她人高马大的身板，感受到她的呼吸和咀嚼，她做的很多事一般在小说中都是不写的。年轻时，她为丈夫奔忙：她结过三四次婚，其中一任丈夫原来是她的兄弟。她与几任丈夫都很合得来，他们对她好，她也对他们好。我们来

① 丹尼尔·笛福 1724 年的小说《罗克珊娜》(*Roxana*) 中的女主人公。

听听她那个卖布的丈夫带她出去玩的这一段——她从来都不是特别喜欢他。

“听我说，亲爱的，”有一天他对我说，“我们到乡下去兜兜风，大约一个星期，怎么样？”“啊，亲爱的，”我说，“你打算去哪里啊？”“哪里都行，”他说，“就是想过一个星期上等人的生活。我们去牛津。”我说：“怎么去呢？我不会骑马，坐马车路又太远了。”“太远了！”他说，“六匹马拉的马车去哪儿都不算远。我带你出去，就会让你像个公爵夫人一样旅行。”“嗯，”我说，“我亲爱的，这像闹着玩似的，不过你要想这么做，我无所谓。”于是，定好了时间，我们坐上了一辆豪华马车，马是上等的，有马车夫、驭马手、两个男仆，都穿着漂亮的制服；一位绅士骑在马上，一个侍从戴着插了羽毛的帽子骑在另一匹马上。仆人们张口闭口喊他老爷，告诉你吧，我们住店的时候，那些店主也都这么叫，我就是伯爵夫人阁下，就这么着去了牛津，一路上非常愉快；为他说句公平话吧，这世上没有一个乞丐比我丈夫更懂怎么当个老爷了。牛津所有的宝贝我们都看了，还跟两三个大学者谈了话，商量怎么把他监护的一个小外甥送到牛津来读书，请他们当他的老师。然后我们又开始逗另外几位穷先生，他们都希望起码能当老爷的专职牧师，好成为正式的教士。就这样，从开销上说，我们真的过得像个贵族，后来又去了北安普敦，前后跑了十二天吧，回到家里，总共花了大概九十三英镑。

相比之下，她深爱的那位兰开夏人丈夫却是另一种情形。那是个拦路抢劫的强盗，两个人都假装富有，把对方骗得和自己结了婚。举行完结婚仪式，他们也就相互揭开了面纱以真面目相对了，如果笛福程式化地往下写，可能就会写他们彼此痛骂一顿，就像《我们共同的朋友》① 里的拉姆尔夫妻一样。但是笛福尽力写出了女主人公的幽默和睿智。她帮助丈夫化解了难堪。

> “真的，”我对他说，“我当时就觉得你很快就要征服我了，现在苦恼的是我，我不能让你看出来我那么容易与你和好，不计较你对我的种种欺骗，而这都只是为了报答你的风趣幽默啊。可是亲爱的，现在怎么办呢？我们两个都穷得叮当响，就是和好了在一起过日子，什么都没有，又有什么用？”
>
> 我们想了很多办法，可是两手空空，干什么都不行。后来他求我别再说这个了，他说我要把他的心都揉碎了。于是我们聊了一会儿别的事情，然后他像丈夫那样和我道了晚安离开，我们就各自睡了。

与狄更斯相比，笛福写得更贴近生活，读起来更令人愉快。这对夫妻面向的是现实，而不是作者的道德律，他们是不务正

① 《我们共同的朋友》（*Our Mutual Friend*）是狄更斯最后一部长篇小说，发表于1864—1865 年。

业的混混，但是头脑清醒，心地不坏，并不大吵大闹。她的谋生手段后来从依赖丈夫转向了偷东西，她认为这是自己在走下坡路，一种很自然的阴沉氛围弥漫在故事里。然而她一如既往，坚定而且乐观。一个小女孩上完舞蹈课走在回家的路上，摩尔抢了她的金项链，而她内心的想法却是那么正当。这件事发生在史密斯菲尔德一带通往圣巴塞洛缪大教堂的一条小路上（现在都可以去看——笛福在伦敦是无所不在），她冲动之下本来是想把这个孩子也杀掉的。她没有这样做，那种冲动只是一闪而过，但当她意识到孩子所冒的风险之后，反而对她的父母感到非常愤怒，因为他们“让这只可怜的小羊羔独自回家，这件事会给他们个教训，让他们下次把她照顾得好点”。一个现代心理学家要表达出这个意思不知会怎样大费周章、矫揉造作呢！可在笛福笔下就那么很自然地流淌出来了。在另一条小路上发生的事也是如此，摩尔骗了一个男人，之后又很愉快地把实情告诉了他，结果进一步博得了他的好感，弄得她再也不忍心去骗他了。无论她做什么，都会给我们带来一点震撼——不是幻灭的冲击，而是一个活生生的人所带来的激动。我们笑她，但是并没有挖苦或者看不起她的意思。她既不虚伪也不傻。

小说临近结尾的时候，她在一家布店里被两个年轻女士从柜台后面当场抓住了，她说：“我本想跟她们说说好话，可她们根本不听：就是两条冒火的龙也不如她们凶。”——她们叫了警察，摩尔被捕，判了死刑，后来改判，转送到弗吉尼亚坐监狱去了。倒霉的阴云消散，尽管不太体面。转送之旅非常愉快，因为有最初教她偷东西的老妇人照料。而且（更让人高兴的是）

她的兰开夏丈夫碰巧也在转送的囚犯之列。抵达弗吉尼亚之后，发现她那个既是兄弟又当过她的丈夫的人也在这里关着，她十分难过。她没提这件事，后来那个人死了，兰开夏丈夫只是埋怨她不该对他隐瞒：没有其他抱怨，因为两人依然相爱。故事就在这种充满希望的氛围中结束了，女主人公的声音像小说开头一样掷地有声："我们决心用后半生忏悔我们以往的邪恶生活。"

她的忏悔是真诚的，只有肤浅的法官才会指责她虚伪。以她的天性，她根本弄不清做错事和被抓之间的区别——说上一两句明白了，终究还是会混在一起，这就是为什么她总有一副伦敦佬的派头，举止十分真实自然，她信奉"生活就是这样"，认为新门监狱就是地狱。如果我们强求她或者她的创造者笛福，说："好了，认真点吧。你相信永生吗？"他们会说（用现代社会中他们的后人所用的语调）："我当然相信永生——你当我是什么？"这种对信仰的表白比任何否认都更彻底地关上了永生之门。

由此可见，《摩尔·弗兰德斯》可以作为典型的例子，让我们看到有这么一类小说是全部围绕着一个人物展开的，这个人物得到了最为充分的表现。笛福似乎有点想以那个兄弟兼丈夫作为中心人物来设置情节，但是这条线他写得相当马虎，而她的合法丈夫（带她去牛津玩的那位）只是消失了事，此后再也没有任何消息。除了女主人公，其他的都不重要，她就像开阔地上的一棵树。我前面说过，她从各个角度来看都很真实，这样我们就得问问自己了，日常生活中遇见她会不会认出来。因为这就是我们仍然在考虑的一个问题，即现实人物与小说人物之间的差异。说来奇怪，即便我们看到了摩尔这样一个很自然的而非理论式的人物，各种细节与日常生活完全吻合，我们也无法在生活中找到一个完全同样的人。假如我突然改变语气，从讲课变成正常说话，指名道姓对着你们说："当心啊，我能看见摩尔，就在听众里面，某某先生你当心！她就在你旁边，能偷走你的手表。"而你呢，马上就会明白不是这么回事，我搞错的不光是概率，这倒还在其次，我搞错的还有日常生活、小说以及二者之间的鸿沟。如果我说的是"当心啊，听众里有个人很像摩尔"，你也许不相信我说的话，但是不会恼怒我怎么如此低能而缺乏品位，因为我搞错的只是概率而已。认为摩尔今天下午就在剑桥或者英国的某个地方，或者在英国的某个地方待过，这是蠢人之见。为什么？

这个问题到下周就好回答了，下周我们讲比较复杂的小说，那里面的人物必须和小说的其他方面相适应。然后我们就可以给出一个通用的答案，这个答案所有的文学手册里都有，考卷上一般也都应该以此作答，这是一个美学的答案，基本意思是：小说是艺术作品，有自己的规律，与日常生活中的规律不同，小说人物的生活符合艺术作品的规律就是真实的。所以我们说，阿米莉亚[①]或者艾玛不可能坐在这里听讲座，她们只存在于以她们的名字命名的小说里，只存在于菲尔丁或者简·奥斯丁的世界里。艺术藩篱将她们与我们分开。她们是真实的，并非因为她们像我们（尽管有这个可能），而是因为她们令人信服。

① 亨利·菲尔丁小说《阿米莉亚》（*Amelia*，1751）中的女主人公。

这个答案很不错，由此出发，可以得出一些很合理的结论。可是对于《摩尔·弗兰德斯》这样的小说，中心人物就是一切，可以随心所欲，上面这个答案就不能令人满意了。我们需要一个偏重心理而不是偏重审美的答案。这个人物为什么不可能出现在这里？是什么把她与我们分开呢？答案已经隐含在阿兰的那段话里：她不可能在这里，因为她属于一个隐秘人生都要示之于人的世界，一个不属于我们也不可能属于我们的世界，一个叙述者和塑造者同一的世界。这样关于小说人物何时才具有真实性我们就可以得出一个定义了：在小说家对某个人物无所不知的时候，这个人物就具有真实性。小说家也许并不打算把自己知道的全都告诉我们，有很多事情，包括我们认为很明显的那些事，他都有可能并不说出来。但是他会给人一种感觉，即尽管他没有解释，但人物的行为却是可以解释的，这就让我们获得了日常生活中绝对无法获得的一种真实感。

这是因为，只要从其本身来看而不是将其视为一种社会附属物，我们所看到的人类交往就总是一个幽灵出没的所在。我们无法理解彼此，只能知道个大概，而且都是些不言而喻的东西；我们无法袒露心迹，就是想这么做也办不到；我们所谓的亲密关系只是凑数而已；完美的了解无异于幻觉。可是对小说里的人物我们就能完全了解，除了获得一般性的阅读之乐以外，我们还可以从小说人物生活中幽暗的一面获得一种心理上的补偿。从这个意义上说，小说比历史更真实，因为它并没有止于事实，而我们每个人都从自己的生活经验中得知，事实背后总是有迹可循的，即便小说家给出的解释并不对，怎么说呢，反正他是努力了。他可以把他的人物作为婴儿放进小说里，他可以让他们不吃饭不睡觉就那么活着，他可以让他们恋爱，就是爱，别的什么都没有，只要他显得好像知晓他们的一切，只要这些人物是他创造的，就行。这就是为什么摩尔·弗兰德斯不可能在这里的原因，也是阿米莉亚和艾玛不能在这里的原因之一。她们是隐秘人生要公之于众或者很可能会公之于众的人，而我们是隐秘人生不可示人的人。

也正因为如此，小说有抚慰人心的作用，哪怕它写的是恶人；小说展示了一种更容易理解因此也更为可控的人，小说给了我们拥有洞察力和权力的幻觉。

## 四、人物（续）

现在我们把话题从移植人物转到适应环境。我们讨论了人物是否可能从生活中被提取出来放进小说里面，以及相反，他们是否可能从书中走出来，坐在我们这个房间里。我们给出的答案是否定的，于是一个更重要的问题就产生了：在日常生活中，我们能不能相互了解？今天我们在这里提出的问题都是比较学术化的。我们关注的是小说人物与小说其他层面的关系，这些层面包括某个情节、某个道德观念、他们身边的人物、环境氛围，等等。人物必须适应自己的创造者提出的其他要求。

这就是说，我们不再期待他们作为一个整体与日常生活相吻合，只要相似就可以了。我们说简·奥斯丁笔下的人物比如说贝茨小姐"十分真实"，意思是说她的每一个细节都与生活中的某个细节相一致，但是作为一个整体的人，只是与我们喝茶的时候遇到的那种唠唠叨叨的老处女相似而已。贝茨小姐与海布里有着千丝万缕的联系，说到她就不能不提她的母亲，还有简·费尔法克斯小姐和弗兰克·邱吉尔，还有整个博克斯山小镇，而摩尔·弗兰德斯却是可以单独抽离出来的，至少可以做这种实验。简·奥斯丁的小说比笛福的小说要复杂，因为她书中的人物是相互依存的，此外情节也增加了复杂程度。《艾玛》的情节不太明显，贝茨小姐推动情节的作用也不大，但还是因为有这个因素存在，她和书中的主要人物都有关联，结果就形成一张精心织就的网，其中哪个线索都不能去掉。贝茨小姐和艾玛自己就像灌木丛中的灌木，而不是像摩尔那样独立生长的树。清理过灌木丛的人都知道，移出去另栽的灌木那样子有多狼狈，留下的灌木又会有多难看。大部分小说里的人物都不能自行其是。他们只能相互牵制。

我们慢慢看出来了，小说家要处理好一大堆混杂不堪的元素：有故事，它按照时间顺序展开："后来……后来……"；有若干个关节，他要围绕着这些关节讲故事，就像九柱戏里的柱子一样他要全部击倒，讲一个有声有色的故事，不过且慢，他想讲的其实是他自己心中关于人的故事；他不仅要写时间意义上的生活，也要写价值意义上的生活。小说中的人物应召而来，却充满了叛逆精神。由于和像你我这样现实中的人有数不清的相似之处，他们想要有自己的生活了，于是就经常做出有悖于小说构思的事。他们"跑掉了"，他们"失控了"，他们是创作中的创作，常常与创作设想不和谐；要是完全放手，他们会把作品踢成碎片，可要是控制太严，他们就用自己慢慢消亡的办法来报复，让小说烂掉肚肠，把作品毁掉。

这些考验也同样困扰着剧作家，而他还有另外一套元素要对付：演员，演员好像有的时候站在他们扮演的人物一边，有的时候站在全剧一边，更常见的状况是与两者都互为死敌。演员们投入的分量难以估算，他们是怎么让一部艺术作品活下来的我不太清楚。我们关心的是小说这种低一层次的艺术形式，所以不必操那个心，可还是要顺便问一句：何以见得剧作在舞台上演出来常常要比在书斋里读到的好，凭什么说一群雄心勃勃又紧张兮兮的男女所做的演绎就会增进我们对莎士比亚和契诃夫的理解？

不是那样的，小说家面对的难题就够多的了。今天我们就来仔细看看小说家解决这些难题所用的手段中的两种——直觉式手段，因为小说家创作中使用的方法和我们研究其作品时所用的方法相当不同。第一种方法是运用不同类型的人物。第二种方法与视角有关。

一、我们可以把人物分为扁平人物和圆形人物。

扁平人物在十七世纪被称为“谐趣人物”，有时也被称为类型化人物，有时叫漫画式人物。就其最纯粹的形式来说，这类人物是围绕着单独一个思想或者特质来塑造的：超过了一个，人物就开始向圆形人物弯曲。真正扁平的人物用一句话就可以勾勒出来，比如：“我是绝不会抛弃密考伯先生的。”这就是密考伯太太，她说她不会甩了密考伯先生就绝对不会，这就是她。还有：“我一定要掩盖这种状况，使个障眼法也行，不能让人看出主人家道中落了。”这是《拉美莫尔的新娘》中的卡莱布·鲍尔德斯通。他没这么说过，但完全是这样做的；除了这件事以外，他没有自己的存在，没有快乐，必然会让单纯的仆人特质变得复杂的任何私欲和痛苦他都没有。不论他做什么，不论他去哪里，不论他撒什么谎或者打碎哪个碟子，都是为了掩盖主人家里的贫穷。这并不是他的**固定观念**[①]，因为他脑子里没有让

① 原文为法语词 idée fixe，为心理学术语。

这种观念固定下来的地方。他就是观念本身，他所拥有的这种生命是从边缘发出光来的，他的生命与小说中的其他元素碰撞的时候，就会发出闪烁的光。再看普鲁斯特的例子。普鲁斯特笔下有着众多的扁平人物，比如帕玛公主，或者雷格兰丁，每一个都可以用一句话来表示。帕玛公主的那句话就是："我必须特别小心，要表现得充满善意。"除了特别小心，她真的什么也不做，书中比她复杂一点的人物都很容易看穿这种善意，因为那不过是小心谨慎的副产品。

扁平人物的一个大优点就是，无论他们何时出现，都很容易认出来——读者是用情感之眼把他们认出来的，不是用视觉，视觉只会注意到某个名字又出现了。俄国小说中很少有这类人物，一旦出现，就会起很大的辅助作用。能调动全部力量一举达成目的对作者而言是件快事，扁平人物对他就很有用，因为这种人物绝对不需要重新介绍一番其来历，也绝不会跑掉，不必费心去给他们编后续的故事，他们还自带气氛——一个个发光的小碟子，尺寸是预制的，可以在小说世界的虚空和星星之间像筹码一样推来推去。效果绝对令人满意。

第二个优点是，这种人读者看完书后很容易记住。他们给人留下的印象是坚定不移，因为无论环境如何变化，他们始终如一；他们经历过各种环境，这就让他们在读者的回忆中拥有了一种可以让人得到安慰的力量，他们得以诞生的作品也许会消亡，而他们会在读者的记忆中存留。《埃文·哈林顿》① 中的

① 《埃文·哈林顿》(*Evan Harrington*) 是乔治·梅瑞狄斯 1860 年的小说。

女伯爵就是个很好的小例子。我们来比较一下对她的记忆和对贝姬·夏普[①]的记忆。我们不记得女伯爵做过什么或者经历过什么。记忆清晰的是她的形象，还有伴随着这个形象的那句口头禅，也就是："我们以老父为荣，但是必须把他忘记。"她丰富的幽默感全都由此生发。她就是扁平人物。而贝姬是圆形的。她也唯利是图，但是没法用一句话来概括，我们对她的记忆都与她所经历的那些大场景有联系，而且她受到这些场景的影响。也就是说，我们不太容易记住她，因为她在不停地变，和真实的人一样是多面的。我们所有人，甚至那些久经世故的人，都渴望永恒，追求超凡脱俗的永恒是一件艺术作品存在的主要理由。我们都希望作品能够永存，成为避难所，其中居民的样貌恒久不变，这大概就是扁平人物存在的理由。

尽管如此，把目光严格锁定在日常生活上的批评家——像我们上周一样——几乎无法容忍以这样的方式来表现人性。他们认为，维多利亚女王都无法用一句话来概括，密考伯太太怎么就可以？我们有位顶级作家诺曼·道格拉斯[②]先生就属于这类批评家，我下面引用的他这段话以强硬的口气反对扁平人物。原文出自他写给戴·赫·劳伦斯[③]的一封公开信，两人正在吵架：一对斗士笔战的激烈程度让我们感觉自己就像在高处的亭子里观战的一大帮淑女。他批评劳伦斯在一部传记里用"小说笔法"篡改事实，接着他对这种写法做出了定义：

---

① 贝姬·夏普（Becky Sharp）是英国作家萨克雷小说《名利场》中的人物。

② 诺曼·道格拉斯（Norman Douglas，1868—1952），英国作家。

③ 戴维·赫伯特·劳伦斯（David Herbert Lawrence，1885—1930），英国作家。

> 不得不说，这样做是由于没能认识到常人头脑的复杂性。作者以文学目的为由，只挑选人物的两三个侧面予以表现，这些侧面通常是他们性格中最引人注目因而也是最有用的部分，而其他部分作者全都无视。不管是什么性格特征，只要和所挑选的特质不相符就消除掉——必须消除，否则其描述就站不住脚。这些和这些是素材：与之不符的一切都得扔到海里去。由此可见，小说笔法的依据虽然经常是符合逻辑的，却建立在一个错误的前提基础上：只取其所好而忽略其他。所选的侧面也许事实的确如此，但是太少了：作者所说可能是真实的，却绝非全部真相。这就是小说笔法。它篡改了生活。

怎么说呢，按照这个定义，小说笔法用于传记自然是不好的，因为不存在人格单一的人。可是在小说中，这种写法自有其地位：一部原本就很复杂的小说常常既需要圆形人物也需要扁平人物，两者碰撞的结果比用道格拉斯先生没有明说的那种主张反映生活更为准确。狄更斯的例子很能说明问题。狄更斯笔下的人物几乎都是扁平的（皮普和大卫·科波菲尔是对圆形人物的尝试，可是写得缺乏自信，结果就把他们写成了像美丽的肥皂泡而不是坚实的人物）。几乎每个人物都可以用一句话来概括，却依然能让人获得对人性深度的精彩感受。或许是狄更斯的巨大活力稍稍撼动了他的人物，他们借取了他的生命，似乎拥有了自己的生活。这就是个魔术戏法；我们随时都可以从侧面去看匹克威克先生，发现他不比留声机唱片更厚。可我们永远都看不清他的侧影。匹克威克先生太精明、太老练了。他看上去总是一副在掂量着什么的样子，他让人给锁进女子学校壁柜里的时候，就像在温莎给装进洗衣筐里的福斯塔夫[①]一样笨重不堪。狄更斯的天分之一就是他真的用上了类型人物和漫画人物，这些人只要再度出场，我们一眼就能认出来，然而其效果却并不机械，对人性的观察也并不肤浅。不喜欢狄更斯的人自有其充分的理由。他本该是个很差劲的作家。实际上他是我们的一位大作家，他利用类型化人物获得的巨大成功说明，扁平包含的意义丰富，或许并不止限于严厉的批评家所承认的那一点。

我们再看赫·乔·威尔斯。大概除了《基普斯》(*Kipps*) 中的基普斯和《托诺–邦盖》(*Tono Bungay*) 中的婶婶以外，威尔斯的人物都扁平得像照片一样。但是这些照片被赋予了极大的活力，让我们忘记了这些人物的复杂性都是摆在表面上的，擦刮几下或者卷起来就会消失。威尔斯笔下的人物的确难以用一句话来概括，他对观察要注重得多，并不生造类型化的人物。然而他的人物很少凭自己的力量活起来。是作者用自己灵巧而有力的双手摇动他们，让读者产生一种有深度的感觉。威尔斯和狄更斯这样出色但不完美的小说家非常善于传送力量。他们小说中富有活力的部分能够激发没有活力的部分，让人物活蹦乱跳，说话的方式也令人信服。这和完美的小说家大为不同。

---

① 莎士比亚剧作中的喜剧角色，将他放进洗衣筐的情节出自莎翁喜剧《温莎的风流娘儿们》(*The Merry Wives of Winsor*)。

完美的小说家直接接触他所有的素材，他富于创造力的手指似乎触摸过每句话每个字，从内到外。理查森[①]、笛福、简·奥斯丁在这一点上堪称完美，他们的作品也许够不上伟大，但是他们的手始终放在作品上，那门铃一摁就响，其间毫无阻滞，不像那些人物不在作者直接控制之下的作品。

因此我们必须承认，扁平人物写得成功并不像圆形人物那样属于重大的创作成就，而且扁平人物写得最好的都是喜剧角色。严肃的或者悲剧性的扁平人物容易招人讨厌。一露面就喊“报仇啊！”或者“我的心在为人类滴血！”或者什么别的套话，总会让人心头压抑。有一位当代通俗作家写的一部小说，中心人物是苏塞克斯郡的一个农夫，他老说：“我要把那块荆豆地犁出来。”农夫有了，地有了，他说要把地犁出来，他确实也犁了，可这句话却不像那句“我绝不会抛弃密考伯先生”，因为我们对他的执着简直烦透了，根本不会在意他是犁了还是没犁成。如果他的这句口头禅经过分析可以和人的其他七情六欲扯上关系，我们就不会感到厌烦了，因为那句话不再仅止于标示这个人，而成了他心中的一种执念，也就是说他很有可能从一个扁平化的农夫转化为一个圆形的农夫。只有圆形人物才适于表现具有任一时间长度的悲剧，让我们可以体验到除了幽默和得体以外的所有情感。

所以我们现在且放下这些二维的人物，把话题转向圆形人物，来看《曼斯菲尔德庄园》[②]，看看带着哈巴狗坐在沙发上的

---

① 塞缪尔·理查森（Samuel Richardson，1689—1761），英国小说家。

② 《曼斯菲尔德庄园》（*Mansfield Park*）是简·奥斯丁 1814 年的小说。

伯特伦夫人。狗自然是平面的，就像大多数小说中的动物一样。书中曾写到这条狗无意中跑进一个玫瑰花圃，就像用硬纸板做出来的那种画面一样，但也仅此而已，书中大部分场景里，这条狗的女主人似乎和她的小狗一样，都是用简单的材料裁剪出来的。伯特伦夫人的口头禅是，“我是好脾气的人，但是受不得累”，她就是依此行事的。可是后来发生了一件祸事。她的两个女儿出事了，而且是奥斯丁小姐的世界里最为严重的事故，比拿破仑战争还要严重得多。茱莉亚私奔了；玛丽亚婚姻不幸福，也和情人跑了。伯特伦夫人是什么反应呢？描写这个场景的那句话很说明问题：“伯特伦夫人没有细想，但是在托马斯爵士的指点下，她很冷静地把所有的重点都捋了一遍，于是从事情的严重程度中明白了到底怎么回事，她既不勉强自己，也不要求范妮给她出主意，很少去想罪过啊耻辱啊什么的。”这些词分量都很重，我原来看到这里就有些担忧，觉得简·奥斯丁的道德感要失控了。她可以，而且毫无疑问也确实下手抨击了罪过和耻辱，她理所当然地让埃德蒙和范妮在心里感受到了所有可能引发的痛苦，不过她有权搅扰伯特伦夫人始终如一的清净吗？这不就像是给哈巴狗儿三张面孔[①]，派它去守地狱的大门？难道这位夫人不是应该坐在沙发里不动，只是说“茱莉亚和玛丽亚的事真是又可怕又伤神，不过范妮到哪儿去了？我又掉了一针”？

我原来的这些想法其实是误解了简·奥斯丁的方法，正像

① 希腊神话中冥界的看门犬是有三个头的猛犬刻耳柏洛斯（Cerberus）。

司各特对她的误解一样，他曾经祝贺她能在一方象牙上作画，长于精描细写。她的确是微型画的一把好手，但她的作品绝不是二维的。她笔下的人物都是圆形的，或者说具备成为圆形人物的潜力。就连贝茨小姐都是有头脑的，就连伊丽莎白·艾略特也是有心肠的，伯特伦夫人的道德热情不再让我们迷惑，因为我们发现，小碟子突然扩展，变成了一个小圆球。小说结尾时，伯特伦夫人又回归扁平，这是真的；她给读者留下的主要印象的确可以用一句话来概括。但这并不是简·奥斯丁对她的构思，她露面总有新意，就是因为这个原因。为什么奥斯丁的人物每次出现都会给我们带来一点新的快乐，不像狄更斯的人物带来的是重复的快乐？为什么他们在交谈中融合得如此之好，引出彼此却天衣无缝，从不刻意表演？这个问题可以有好几种回答：比如说她不同于狄更斯，是个真正的艺术家，或者说她从不屈尊于塑造漫画人物，等等。而最好的回答是，和狄更斯相比，她写的都是小人物，但是这些人物组织得很好。他们的功能是全方位的，书中情节对他们的要求再高一些，他们也能做到。假设路易莎·穆斯格罗夫在科布摔断了脖子吧①。对她死亡的描写很可能绵软无力，一副淑女腔调——对暴烈行为的描写远远超出了奥斯丁小姐的能力——但是尸体抬走以后，其余人的反应马上就会恰如其分，而且会展示出他们性格中新的一面，《劝导》作为一部小说可能因此就毁了，我们却可以对温特

① 这个情节取自奥斯丁去世后于1818年出版的小说《劝导》(*Persuasion*)。科布是英国多塞特郡的一个港口，故事中路易莎·穆斯格罗夫在这里陡峭的台阶上摔了一跤。

沃斯上尉和安有比现在更多的了解。奥斯丁所有的人物都可以随时扩展人生，去过她的小说规划中很少要求他们去过的生活，所以他们才活得如此真实可信。我们再回头来看伯特伦夫人和那句很说明问题的话。看看这句话是如何以微妙的方式从她那句公式化的口头禅出发，进入一个公式不起作用的领域。“伯特伦夫人没有细想。”非常准确：公式都这样。“但是在托马斯爵士的指点下，她很冷静地把所有的要点都捋了一遍。”托马斯爵士的指点也是她那个公式的一部分，仍然存在，不过在这里推动着这位夫人走向一套独立而且意外的道德观念。“于是从事情的严重程度中明白了到底怎么回事。”这就是道德强音——非常响亮，但是出现的时机经过了精心安排。接下来是一个十分巧妙的弱音，以几个否定的形式出现：“她既不勉强自己，也不要求范妮给她出主意，很少去想罪过啊耻辱啊什么的。”她的公式再次出现，因为按照习惯她确实要把麻烦降到最低程度，确实要求范妮给她出主意说说该怎么办，十年来范妮所做的事也的确就只是给她出主意。这些词语用的是否定式，却起了提醒的作用，我们又看到了她的常态，一句话之间她就饱满起来，成了个圆形人物，然后又瘪了下去，回到了扁平状态。简·奥斯丁太会写了！寥寥几笔她就扩展了伯特伦夫人的维度，同时提高了玛丽亚和茱莉亚私奔事件发生的可能性。我说可能性是因为私奔属于暴烈行为的范畴，如前面所说，简·奥斯丁写这种事总是绵软无力，一副淑女腔调。除了她少女时代写的小说以外，她不会正面描写灾难。所有暴力一点的事都必须发生在“后台”——路易莎受伤和玛丽安·达什伍德生白喉病最接近于破例——这样一来，所有关于私奔的评论就必须写得真诚可信，否则我们就会怀疑这件事到底是不是真的发生过。伯特伦夫人的反应使我们相信她的两个女儿真的跑了，而且她们必须跑，否则范妮就没有什么妙用了。不过是一个小关节，一个小句子，却向我们展示了一个高超的小说家如何巧妙地把她的人物调整为圆形。

纵观她的作品，都可以发现这种人物，表面上十分简单、平面，从来不需要多说，却也从来没有失了深度——亨利·蒂尔尼、伍德豪斯先生、夏洛蒂·卢卡斯，皆是如此。或许她给笔下人物贴上了“理智”“傲慢”“情感”“偏见”这样的标签，但是这些人物并没有受制于标签上的这些特质。

至于何为圆形人物，从以上内容里已经可以看出其定义了，没有更多要讲的了。我要做的只是从作品中找出一些我认为属于圆形人物的例子，以便我们对这个定义做后续的检验。

《战争与和平》中所有的主要人物，陀思妥耶夫斯基作品中所有的人物，普鲁斯特作品中的部分人物，比如家中那位老仆人、盖尔曼公爵夫人、德·查鲁斯先生、圣卢；包法利夫人和摩尔·弗兰德斯一样，同名作品中只讲她一个人，可以无限扩展其维度为自己所用；萨克雷作品中的部分人物，比如贝姬和比阿特丽克斯；菲尔丁作品中的部分人物——帕森·亚当斯、汤姆·琼斯；夏洛蒂·勃朗特作品中的部分人物，特别是露西·斯诺。（还有很多，这可不是一份书目大全。）对圆形人物的检测方法就是看他能不能以可信的方式给人以惊讶的感觉。如果其言行举止从来不会让人吃惊，这个人物就是扁平的。如果他让人吃惊的方式不能令人信服，那他就是个装成圆形人物的扁平人物。圆形人物的身边是无法估量的生命力，也就是一部作品书页之间所蕴含的勃勃生机。作家使用圆形人物有的时候是单独用，更多的时候是和其他类型的人物结合起来用，通过圆形人物，小说家得以达成适应环境的目的，让人类和作品的其他方面和谐相处。

二、现在来看第二个手段：讲故事可能采用的视角。

有些批评家认为这是小说创作的基本手段。“小说技巧中全部错综复杂的方法问题，”珀西·卢伯克①先生说，“我认为都是由视角问题所支配的，也就是叙述者与故事以何种方式关联起来的问题。”他的《小说技巧》一书考察了各种视角，极富天分与洞见。他说，小说家既可以作为一个无偏见或者有偏见的旁观者从外部描写人物，也可以取全知视角，从内部描写人物，或者让自己成为人物之一，装作对其他人物的动机完全不知道，还可以采用某些介于以上几种之间的视角。

按他的方法去做的人会为小说美学奠定一个坚实的基础——对这个基础我一刻也不能打包票。这是个不严谨的考察，在我看来，“全部错综复杂的方法问题”获得解决不是要化作若干公式，而是要化为作者的力量，推动读者接受他所说的种种——这一力量卢伯克先生也承认而且很欣赏，但他将其置于问题的边缘而不是中心。我却偏偏要将其置于中心。看看狄更斯在《荒凉山庄》(*Bleak House*) 里是如何推动我们的。《荒

① 珀西·卢伯克（Percy Lubbock，1879—1965），英国作家、评论家，《小说技巧》（*The Craft of Fiction*）是他 1921 年的著作。

凉山庄》的第一章是全知视角。狄更斯把我们领进大法官法院，以很快的速度介绍了法院里所有的人。第二章他取的是部分全知视角。我们依然使用他的双眼，但是不知何故这双眼睛的视力变弱了：他可以向我们介绍戴洛克男爵，也介绍了戴洛克男爵夫人的部分情况，却只字未提图金霍恩先生。第三章他就更离谱了：他直接跳进了戏剧方法，隐身于一位年轻女士以斯帖·萨莫森体内。“我开始写这一部分里我的那些事感觉非常困难，因为我知道自己并不聪明。”以斯帖开口说道，然后一直以这种方式说话，保持着这个身份，只要作者允许她执笔。把她创造出来的作者随时都会抢过她手中的笔，自己到处逛逛，随手记记，把她晾在天知道什么地方，去做我们也不关心的什么事。从逻辑上看，《荒凉山庄》完全是支离破碎的，但是在狄更斯的推动下，我们并不在乎视角的频繁变换。

批评家比读者更喜欢提反对意见。他们热衷于小说的显赫地位，有点过于喜欢寻找小说所特有的而且将其与剧作区分开来的那些问题；他们觉得小说必须明确自己的技术难题才能被接受为独立的艺术门类；由于视角问题无疑是小说所特有的，所以批评家就对其给予了相当程度的过度强调。我本人并不认为视角问题比人物的适当混合问题更加重要——剧作家也反对人物混合。而小说家必须推动读者，这是强制性要求。

我们来看看另外两个视角转换的例子。

法国著名作家安德烈·纪德[1]出版了一部小说叫《伪币制造

[1] 安德烈·纪德（André Gide，1869—1951），法国作家。

者》(*Les Faux Monnayeurs*)①，虽然是现代小说，但与《荒凉山庄》有一个共同点：逻辑上支离破碎。作者有的时候全知全能，解释一切，自己身居幕后，“评判人物”②；有的时候取部分全知视角；他也同样采用戏剧化手段，让故事通过一个人物的日记来讲述。同样视角缺失，但狄更斯是出于本能，而纪德则是精心设计，他对情节的剧烈变化讲述得太多了。小说家不由自主地对自己采用的方法表现出过多的兴趣，最多只能做到有趣，因为他放弃了人物创造，让我们帮他分析他的想法，结果就是情感温度计上的读数大幅下降。《伪币制造者》属于近年出版的小说中比较有趣的那一类：不是有分量的那一类。我们不得不衷心佩服，这的确是一件精心织就的产品，但我们的赞扬现在只能是有限度的。

第二个例子，我们要回到《战争与和平》了。这次的结果是很有分量的：作者推动着我们跑遍了俄罗斯——时而全知，时而半知，时而投身戏剧化场面，随时听从作者的调遣——最后我们全盘接受。不过说实话，卢伯克先生的感觉并非如此：他觉得这虽然是一部伟大的作品，但是如果有一个固定的视角就更加伟大；他感觉托尔斯泰没有使出全部力量。我认为写作的游戏规则不是这样的。小说家可以改变视角，只要效果好就行，而狄更斯和托尔斯泰转换视角的效果都很好。其实这种扩展和收缩感知的能力（视角转换是一个表现），这种让所知变得

---

① 英译本 *The Counterfeiters*，多萝西 · 伯西（Dorothy Bussy）译，克诺夫（Knopf）出版社出版。——原注

② 原文为法语。

断断续续的权利，我觉得是小说这种艺术形式的一个巨大优势，和我们对生命的感知方式相似。我们有的时候比平时要笨；我们偶尔可以进入他人的内心，但并非总能如此，因为我们自己的头脑会累；从长远来看，这种断断续续给我们接受的体验增添了色彩和多样性。有很多小说家，特别是英国小说家，都是以这种方式对待他们书中人物的：张弛有度，时而跟紧，时而放松，我不明白这有什么可指摘的。

如果视角转换太明显，我们一下子就看出来了，他们就必须受到谴责。这一点毫无疑问，由此产生另一个问题：作家是否可以让读者参与对人物的设计？答案已经明确：最好别这么干。这样做很危险，一般都会导致读者对作品的热情下降，还有智力和情感投入的松懈，更糟糕的是还会造成开玩笑的感觉，还会形成一种错觉，似乎很友好地邀请读者去看看那些人物是如何在幕后设定的。“A 看上去很不错啊——我一直都最喜欢她了。”“我们来想想为什么 B 要做这件事——也许他身上还有些东西是我们没看见的——没错，看见了吧——他有颗金子般的心——让你瞄上一眼，我再赶快放回去——他好像没注意到。”“至于 C 嘛——他总是那个神秘的人。”与读者的关系是拉近了，却失去了幻想的乐趣和高贵的感觉。这就像是为某人买醉以堵他的口。以我们对菲尔丁和萨克雷的全部敬意而言，这种写法是毁灭性的，形同酒吧里的闲聊，对传统意义上的小说最为有害。让读者参与对小说世界的构建是另一码事。小说家像哈代和康拉德[①]那样暂时离开人物，转而去概述他心目中生活

① 约瑟夫·康拉德（Joseph Conrad，1857—1924），英国作家。

得以延续下去的环境，不会带来什么危险。真正有害的是参与对一个个人物的设计，让读者离开人物，去揣摩小说家的心思。这种时刻从来就没有什么发现，因为这绝非创作状态：“来吧，我们谈谈”这句话一说出来，创作的热度就冷却了。

对人物的评论现在不得不结束了。我们讨论情节的时候，人物或许会呈现出更加丰满的形态。

## 五、情节

亚里士多德说："性格赋予我们品质，但是只有在行动中，也就是我们所做的事情中，我们才能感到快乐或者不快乐。"我们已经确定亚里士多德说错了，现在我们必须面对不同意他的观点所带来的结果。亚里士多德还说："人所有的快乐和痛苦都表现为行动。"我们知道并非如此。我们认为快乐和痛苦存在于隐秘生活中，每个人都独守着自己的秘密，而小说家可以知晓（他笔下人物的）这种隐秘。所谓隐秘生活是指没有外在表现的生活，不像一般认为的那样，无意间的一句话或者一声叹息就能暴露出来。偶然的一句话或者一声叹息作为证据的分量不亚于一场演讲或者一场谋杀，这些表现透露出来的生活不再处于隐秘状态，而是进入了行动的领域。

然而我们没有理由苛求亚里士多德。他没读过什么小说，现代小说更是一本都没有——《奥德赛》① 有可能，《尤利西斯》绝不可能——他天生就对秘密这种事不感兴趣，而且实际上把人的心灵看得和一个盆子没什么区别，觉得那里面的一切最终都可以掏出来；他写下上面那两句话的时候，心里想的是戏剧，

---

① 《奥德赛》(*Odyssey*) 是公元前 8 世纪末的古希腊史诗，传说作者为盲诗人荷马。"奥德赛"又译"奥德修斯"或"俄底修斯"，是希腊神话中的英雄，在罗马神话中的名字即为"尤利西斯"，这是此处将这两本书并列的基础。

而从戏剧的角度来看，他的观点无疑是正确的。在戏剧中人所有的快乐和痛苦确实是也必须通过行动来表现，否则其存在就始终不为人所知，这是戏剧和小说之间的重大区别。

小说的特殊性是，作家可以介绍他的人物，也可以通过人物来表现或者安排我们去听人物在心中对自己说的话。他能够进入人物自我交流的过程，从这个层次还能更深一步，去窥视潜意识。人一般不会真的自言自语，甚至不会跟自己说话；他私下里感受到的快乐和痛苦的原因是什么，他自己也解释不清楚，因为只要他把这些原因提到可以解释的层面，原来的那些感觉立刻就消失了。在这个方面小说家就真正有了用武之地。他可以展示潜意识直接化为行动的过程（剧作家也可以做到这一点），还可以展示潜意识与内心独白的关联。他掌管着所有的隐秘生活，这一特权不可剥夺。有时候会有这样的诘问："作者是怎么知道这事的？他的立场是什么？他并不始终如一，他从有限视角转成全知视角，现在他又变回去了。"这类问题庭审的色彩太浓了。读者最关心的只是态度的转换和那些隐秘生活是否可信，也就是说到底是不是有说服力①，听见他最喜欢的这个词在耳边响起，亚里士多德就可以安心隐退了。

不过他还是给我们留下了一些困惑，因为人性既如此扩展，情节又会成为什么样子呢？多数文学作品都有两个要素：一个要素是个体的人，这个我们刚刚讨论过了；另一个要素或可称为技巧。技巧我们也算把玩过了，只不过谈的是初级层面的技

① 原文为古希腊语词。

巧，也就是故事，即切成段的时间绦虫。现在我们抵达了一个高得多的层面——情节。小说情节中的人物不像戏剧中的人物那样可以或多或少按照情节的需要予以裁剪，而是数量庞大，影响甚广，无法抽离，像冰山一样四分之三的部分处于隐藏状态。情节向这些笨拙的小说人物指出复杂化、危机、解决①这个三段式过程的种种好处，对此亚里士多德曾经以十分令人信服的方式做了详细的阐述，但是没用。少数几位起来呼应，原本就应该是一出戏的小说由此产生。而整体上没有回应。小说人物想要的是坐在一边独自沉思，诸如此类；小说情节（这里将之想象为某种上级管理者）则对他们缺乏公共精神忧心忡忡，好像在说："这可不行啊。个人主义是很宝贵的品质，实际上我处在这个位置靠的就是一个个的人么，我一向坦率地承认这一点。不过这是有一定限度的，这些限度现在要守不住了。人物绝不能沉思太久，不能浪费时间在自己内心的阶梯上跑上跑下，他们必须作出贡献，否则更高的利益就要受到损害。""对情节作出贡献"，这个说法人们太熟悉了！戏剧中的人物都要这样做，必须如此，那么在小说里是否也需要呢？

我们来定义一下情节。我们将故事定义为按照时间顺序对事件的叙述。情节也是对事件的叙述，但重点是因果关系。"国王死了，王后随即也死了"是故事，"国王死了，王后随即悲伤而亡"是情节。时间顺序保留了，但是因果关系的含意对时间顺序产生了影响。或者这样写："王后死了，谁也不知道是怎么

---

① "复杂化、危机、解决"（complication，crisis，solution）又译"发展、高潮（或转折点）、结局"。

回事，后来才发现，是由于为国王的死而悲伤所致。”这是一个带有未解之谜的情节，一种发展潜力很大的形式。情节搁置了时间顺序，在故事允许的限度内尽可能地远离故事。拿王后的死来说。如果是故事，我们会问：“后来呢？”如果是情节，我们会问：“她因何而死？”这就是故事与情节这两个小说层面之间的根本区别。情节是不能讲给山洞里打哈欠的原始人听的，也不能讲给暴君听，包括这些人在当今时代的后人也就是电影观众。只有“然后……后来……”才不会让他们睡着。他们能提供的只有好奇心。而情节还需要理解力和记忆力。

好奇心属于人类最初级的一种感知能力。你会注意到，日常生活中总是问这问那的人几乎记性都很差，实际上也通常都比较蠢。开口就问你有几个兄弟姐妹的人绝不是个懂得同情共理的角色，一年后再遇见他，他可能还是会问你有几个兄弟姐妹，依旧是张着嘴巴，眼睛瞪得老大。和这样的人交朋友很难，两个包打听式的人也一定不可能成为朋友。好奇心本身不会带着我们走多远，也不会带着我们走进小说的深层——知道了故事也就行了。要抓住情节，必须加上理解力和记忆力。

先说理解力。凭着好奇心阅读的人只用眼睛去搜寻新的事件，与此不同的是，理解力强的读者用头脑去分辨事件。他从两个角度出发观察事件：一是孤立的，一是与前面他已经读过的事件相关联的。或许他还看不明白，而他也不指望马上就看明白。一部组织严密的小说中（比如《利己主义者》），事件之间经常具有交叉对应的性质，理想的观察者在终于抵达山顶坐下来之前也不可能指望将其间关系看得十分清楚。这种引发惊奇或者神秘感的元素——有时也被泛称为侦破元素——在情节中是极为重要的。使其产生的方式是将时间顺序暂时搁置一旁；一个谜团就是适时递出的一个空口袋，出现得拙朴自然，比如“王后因何而死”，同时又由于欲言又止的姿态和言语之故而增添了微妙的感觉，而这些姿态和言语的真正含义要在若干页之后才显现出来。神秘感是情节的基本要素，没有理解力是无法领会的。对好奇心而言，情节不过是又一个“然后……”。要领会神秘，必须留下一部分头脑去沉思，让另一部分头脑继续前进。

这就引出了第二个要求：记忆力。

记忆力和理解力紧密相连，因为没有记忆便无从理解。如果到王后死的时候我们已经忘记了国王的存在，我们就永远也搞不清她因何而死。筹划情节的作者希望我们能够记住事件，而我们则希望他不遗留任何漏洞。每个行动每句话都应该有用，既不要啰嗦，又要留有伏笔，哪怕非常复杂，也应该是有机的，没有无关的冗赘。情节可难可易，可以而且应该包含未解之谜，但绝不可误导。情节展开的时候，读者的记忆会盘旋其上（记忆是头脑中幽暗的辉光，理解力是使记忆明晰的锋芒），随着新的线索、新的因果链出现，他们不停地重新整理思路，重新思考，最终的感觉无关乎线索或者因果链，而关乎某个从美学角度看紧凑完整的结果，这个结果小说家原本可以直接表现出来，只是假如他真的直接表现出来，就绝不会变得让人感觉美丽。这里我们碰到了美这个问题，这是我们讨论中的第一次：美是小说家永远不会去追求的目标，尽管他的作品要是缺乏美感，他就失败了。我会在后面适当的地方来谈美。现在请将其视为情节完整的一个组成部分。在这个位置上，美神看上去有点惊讶，不过美神就是应该看上去有点惊讶的：这是最适合其面部的表情，波提切利[①]深知这一点，他画她从海浪中升起，站在风神和花神之间，正是这个样子。毫无惊讶之色，心安理得于自己的地位——这样的美人，太容易让我们想起自命不凡的女主角。

不过我们还是来讨论情节吧，就从乔治·梅瑞狄斯说起。

如今梅瑞狄斯的名字不像二三十年前那样如雷贯耳了，当时大半个世界和整个剑桥都为之战栗。我记得他的一句诗常令我无比忧郁："人生不为剑即为靶。"两者都非我所愿，而且我知道我不是剑。不过那个时候对梅瑞狄斯本人来说忧郁似乎没有真正的理由，因为他现在的名气处于低谷状态，虽然风尚会改变，让他的地位提高一点，但是他再也不会成为1900年那样的精神领袖了。他的那一套观念没有经受住考验。他对伤感风格的猛烈攻击：如今这一代人已经厌烦了，他们追寻相同的猎物，但是使用的工具更加灵巧，而且总是怀疑拿着老式大口径短枪的人自己就是伤感主义者。还有他的自然观：不像哈代的自然观那样可持续，而是带上了太多萨里[②]的色彩，空洞而华丽。博克斯希尔不可能跑到索尔兹伯里平原去，梅瑞狄斯也不可能写得出《还乡》[③]的第一章。英国画面中真正有悲剧意义的、

---

① 桑德罗·波提切利（Sandro Botticelli，1445—1510），意大利画家。

② 梅瑞狄斯出生于英格兰的汉普郡，后奔波于伦敦及欧陆多地，曾在萨里郡的博克斯希尔（Box Hill，离伦敦不远）生活数年。

③ 《还乡》（*The Return of the Native*）是哈代出版于1879年的长篇小说。哈代的多部经典作品都以英格兰南部索尔兹伯里平原一带为背景。

持久的东西都不见于他的作品，生活中真正悲剧性的东西也是同样。他变得严肃和高尚的时候，就会有一种咄咄逼人的暗示，一种使人痛苦的胁迫。其实我觉得他有一个方面很像丁尼生[①]：不能平静地对待自己，所以内心绷得很紧。还有他的小说：社会价值大多是装出来的。裁缝不是裁缝，板球比赛不是板球，连火车似乎也不是火车，郡县里的人家像是刚刚把行李打开，还没有收拾停当，行动就开始了，胡子上还沾着麦秸。他笔下人物的社会生活场景的确非常古怪：部分原因是由于他的空想，这是合法的，但还有部分原因是由于一种令人齿冷的造假，而且还造错了。因为造假，因为从来都不招人喜欢现在也让人觉得空洞的说教，因为把老家的郡县当成整个天下，无怪乎梅瑞狄斯现在跌落谷底了。不过有一个方面可以证明他仍然是个了不起的小说家。他是迄今为止的英国小说写作中情节谋划的高手，只要讲到情节，任何课程都必须向他致敬。

梅瑞狄斯的情节设计并不严密。我们不能像对《远大前程》那样用一句话来概括《哈利·里奇蒙》[②]的情节，虽然两部小说都讲了一个年轻人寻求财富的过程中所犯的错误。梅瑞狄斯式的情节不是缪斯女神的神庙，别说是悲剧女神，就连喜剧女神都不在其中，他笔下的情节更像是一系列十分巧妙地安置在山林间的亭子，他的人物出于各自不同的动机抵达那里，换一副面目后再从那里出现。事件源自人物，一旦发生，就改变了这个人物。人物和事件紧密相连，梅瑞狄斯就是通过这些设计做

① 阿尔弗雷德·丁尼生（Alfred Tennyson，1809—1892），英国诗人。
② 全名是《哈利·里奇蒙历险记》（*The Adventures of Harry Richmond*，1871）。

到这一点的。他精心设计的这些事情常常令人欢喜，有时令人感动，又总是令人意外。惊讶之后的感觉是“哦，是这样啊，那行吧”，这就标志着情节设计成功：人物要真实，表现必须顺畅，但情节必须让人惊奇。在《比尤坎普的职业》(*Beauchamp's Career*，1875）这部小说中，施雷普内尔医生挨了一顿鞭子就是一个令人意想不到的情节。我们知道埃弗雷德·罗姆弗雷必定不喜欢施雷普内尔医生，必定憎恨和误解他的激进主义，也必定嫉妒他对比尤坎普的影响力：我们也看到了对罗莎蒙德的误解在加深，看到了塞西尔·巴斯克勒特在搞鬼。就人物的发展来说，梅瑞狄斯是在桌面上玩牌的，可是这件事发生的时候，我们和书中的人物都是多么震惊啊！一个老人出于最高尚的动机鞭打另一个老人这出悲喜剧——这个事件影响了他们的整个世界，改变了书中所有的人物。这个情节并不是故事的中心，这部小说其实没有中心。从本质上看这就是一种设计，是一道门，小说在作者的安排下通过这道门，改换了一种形式出现。接近尾声时，比尤坎普溺亡，施雷普内尔和罗姆弗雷面对着他的遗体和解了，有人想把这个情节提升到亚里士多德式对称美的高度，把这部小说视为一座供奉着阐释和平静的神庙。梅瑞狄斯的问题在于：《比尤坎普的职业》始终是一系列设计的结果(访问法国是另一个系列)，但这些设计都是源自人物又作用于人物的。

现在简单说明一下情节中的神秘元素：我们用“王后死了，后来发现是由于悲伤”这个公式来表述。我来举个例子吧，不用狄更斯的（尽管《远大前程》中有一个不错的例子），也不用柯南·道尔的（我太自负，没法欣赏他的作品），还是用梅瑞狄斯的：这是个隐藏情感的例子，取自情节十分精彩的《利己主义者》，事情发生在利蒂夏·戴尔这个人物身上。

首先，我们从书中得知了利蒂夏此前所有的心理活动。威洛比爵士两次抛弃了她，她很伤心，但是已经放下了。然后，出于增强戏剧性的原因，作者不再向我们透露她的内心世界，一切都自然发展，她的想法再次表露出来就是在那个重要的午夜场景中，威洛比爵士因为不确定克拉拉对他的感情又转而向她求婚，这一次利蒂夏已经今非昔比，她拒绝了。梅瑞狄斯隐藏了她的改变过程。如果我们自始至终都了解这个过程，就会破坏他严肃的喜剧效果。威洛比爵士必须经历一系列的打击，才能看清一二，发现一切都是不牢靠的。如果我们事先就看出作者铺设的这个圈套，就享受不到其中的乐趣了，而且也太土气了一点，所以作者才将利蒂夏的冷漠隐藏起来不让我们看到。有无数的例子，要么情节受损，要么人物受损，这是其中之一，而梅瑞狄斯以他从不出错的理智在这里让情节取得了胜利。

至于看似胜利实则失败的例子，我想到了一个失误，也就是个失误吧，这是夏洛蒂·勃朗特在《维莱特》（*Fillette*）中出的一个错。她允许露西·斯诺向读者隐瞒了她的发现，即约翰博士和她小时候的玩伴格雷厄姆是同一个人。此事暴露出来的时候，我们确实感受到了精彩情节带来的刺激，却在很大程度上对露西的人品产生了怀疑。此前她似乎就是正直的化身，可以说承担起了知无不言的道德责任。她居然违背了这一点，确实有些让人难过，尽管事情很小，不会对她的形象产生永久的伤害。

有时候情节赢得太彻底了。每个转折点上人物都得违背自己的本性，否则就要被命运的进程卷走，他们在我们心目中的真实感也因此而减弱。现在我们从一位作为小说家远比梅瑞狄斯伟大却不如他成功的作家那里找个这样的例子，这就是托马斯·哈代。哈代在我眼中主要是一位诗人，他构思小说的起点极高。他的小说要么是悲剧，要么是悲喜剧，在故事的推进过程中会不断发出命运之锤击的声响；换言之，哈代对事件的安排注重前因后果，基本框架就是一个情节，角色必须服从情节的要求。苔丝这个人是个例外（她给人的感觉是，她战胜了命运），哈代的其他作品在这个方面是不能令人满意的。他的人物常常卷入各种圈套，最后动弹不得；对命运的强调没完没了，在命运所有的牺牲者之中，从来就看不到《安提戈涅》①、《蓓蕾妮丝》②或者《樱桃园》③里那样的一个生命体的行动。命运高踞于我们之上，不是通过我们来起作用的——这就是哈代的威塞克斯系列小说中很明显而且令人难忘的命题。游苔莎·菲尔尚未踏足之前的爱敦荒原。没人居住的林地。巴德茅斯·里吉斯旁边山上的丘陵地带，常有皇家公主的车辆于黎明时分穿越而过，那个时候她们还在熟睡。哈代

① 《安提戈涅》（*Antigone*）是古希腊悲剧作家索福克勒斯（Sophocles，前 496—前 406）公元前 442 年的一部作品。

② 《蓓蕾妮丝》（*Berenice*）是法国剧作家让·拉辛（Jean Racine，1639—1699）1670 年的一部悲剧。

③ 《樱桃园》（*The Cherry Orchard*）是俄国作家安东·巴甫洛维奇·契诃夫（Anton Pavlovich Chekhov，1860—1904）1903 年完成的一部悲喜剧。

的《列王》(*The Dynasts*)所取得的成功非常彻底(他在这部史诗剧里采用了另一种手段),那里面可以听到命运之锤的敲击声,因果链不顾人物的挣扎把他们锁在一起,角色和情节之间建立起完整的联系。但是在小说中,尽管那台强大而又可怕的命运机器仍然在运转,它却从来没有把人性作为捕捉的目标;在无名的裘德所经历的不幸中存在着某种性命攸关的问题,书中并没有给出解答,甚至都没有提出来。换言之,情节要求人物奉献得太多,结果除了他们乡下人的幽默感之外,他们的活力已经枯竭,人物变得干瘪了。就我能看得出来的问题而言,这是哈代所有的小说中都存在的一个毛病:过于强调因果关系,超出了他的技法所允许的程度。作为诗人、预言家和极富想象力的作家,乔治·梅瑞狄斯和他相比黯然失色,不过是一个在郊区大喊大叫的人,但是梅瑞狄斯的确知道小说可以承载什么,知道情节何时可以要求人物作出奉献,何时必须让人物自行其是。至于教益么——怎么说呢,我没看出来,因为哈代作品是我的精神家园,而梅瑞狄斯的作品却不可能是:这几次讲座中总结出来的观念又一次违背了亚里士多德的教诲。小说中人物的幸福和痛苦并不全都呈现为行动,而是还要寻求情节之外的其他表达方式,这种渠道绝不可限制得过于死板。

情节与人物的斗争如果输了,常会采用一种怯懦的手段作为报复。几乎所有的小说结尾都苍白无力。这是因为情节需要结束了。哪来的这种需要?为什么没有一个惯例,允许小说家在感到写不下去或者厌烦了的时候就可以结束呢?唉!他不得不对事情有个交代，通常的做法就是把人物写死，我们对人物的最后印象通过死讯得来。哥尔德斯密斯[①]的小说《威克菲尔德牧师传》(*The Vicar of Wakefield*) 在这方面比较典型，前半部分机智清新，直到给家庭成员画像，把普里姆罗斯太太画成维纳斯，此后就变得僵硬愚蠢。事件的发生和人物的出现起初都很自然，从这里开始就都必须服从于大结局 (*dénouement*) 的需要。最后连作者也感到自己这样写像个傻瓜。“我也写不下去了，”他说，“除非再想想，琢磨出些偶然的相遇来，好让情节继续。天天都有这样的相遇，却多半平淡无奇，只有某些异乎寻常的事情例外。”哥尔德斯密斯当然是个轻量级的小说家，不过大部分小说也确实都败在这一点上——逻辑取代鲜活的生命成为主宰之后，就会出现这种灾难性的静止。除了让人物死掉还有让他们终成眷属，我不知道水平一般的小说家会怎么收尾。死亡和婚姻几乎是将人物和情节联系起来的唯一办法，读者对此也更有心理准备，只要这两件事是出现在后半部分的，也就把这种事当小说看了：总得让作者那个可怜的家伙收尾吧，他也得过日子啊，和其他人一样，所以也难怪我们只能听到敲锤子拧螺丝的声音了。

就可以概括的方面而言，这是小说固有的缺陷：一到结尾就没劲了。对此有两种解释：一是锐气已失，小说家像所有的劳动者一样，都会遇到这个问题；二是我们一直在讨论的那个难办之处。人物逐渐失去控制，原本打好了基础，后来又不愿

---

① 奥利弗·哥尔德斯密斯 (Oliver Goldsmith，1728/1730—1774)，爱尔兰 / 英国诗人、作家。

意在这个基础上发展，现在小说家不得不亲自出面，劳心费力，好让这项工作按时完工。他假装笔下的人物还在为他表演。他不停地提到他们的名字，用引号标出他们说的话。可那些人物要么走了，要么死了。

由此可见，情节就是逻辑智力层面上的小说：必须有神秘感，但是谜团后面都要解开；读者可以在尚未认识的世界里到处摸索，小说家却是没有疑虑的。他无所不能，高踞于作品之上，在这里投下一束光，在那里扣上一顶隐身帽，（作为情节设计人）不停地以人物推销员的身份和自己协商，看如何取得最好的效果。他提前做好构思，或者不管用什么办法，他站在高处俯瞰全局，他对因果关系的关注让他似乎成竹在胸。

好，现在我们必须问问自己了：如此产生的构架对小说而言是否就是最好的？说到底，小说为什么一定要提前构思好？它不能自己生长吗？小说为什么要有结尾，就像舞台剧一样？它不能以展开状态结束吗？小说家能不能不站在作品之上起控制作用，而是投身于作品之中，任由其将自己带往某个没有预料到的目标？故事情节激动人心，也许很美，可它难道不是一种迷恋，不是从戏剧中、从舞台的空间限制中借来的吗？小说就不能发明一种不那么符合逻辑却更适合小说天才发挥的构架吗？

现代作家说这是可行的，我们来详细看看一个最近的例子——这是对我们所定义的情节发起的一次猛烈攻击：以具有建设性的方式尝试用某种东西取情节而代之。

我前面已经提到了这部小说，即安德烈·纪德的《伪币制造者》。这本书里同时包含了两种创作方法。纪德将他创作这部小说的过程中写下的日记也出版了，他完全可以在将来某个时间把重读其日记和小说的印象发表出来，在时机合适的时候，形成一整套更有终极意义的综合作品，他创作期间的日记、那本小说以及他对两者的印象会相映成趣。他确实比一般的作者对这样一个整体有更为严肃的态度，而如果将其视为一个整体，这样的组合就极为有趣，值得批评家去做认真的研究。

首先，我们来看《伪币制造者》中一个逻辑目标型的情节，这是我们一直在观察的一种类型，与其说是一个情节，不如说是一堆情节的碎片。最大的那块碎片讲的是一个年轻人，叫奥利维尔，一个招人喜欢、让人感动同时又很可爱的人物，他错过了幸福，然后在一场精心策划的"大结局"中重新获得了幸福，也给别人带来了幸福。这块碎片散发出奇妙的光辉而且是"活蹦乱跳的"，请原谅我用了一个这样生猛的词，不过这的确是走老路的成功创作。然而这绝不是这部小说的中心。其他的逻辑碎片也都不是。其中有一个讲的是乔治，他是奥利维尔的弟弟，还在读书，他转手卖假币，导致了一个同学自杀。（纪德在日记中说明了这件事的素材来源：乔治的创意源自一个男孩，这孩子从书摊上偷书，让他当场抓住了；制造伪币的那帮人是在鲁昂落网的一个团伙；孩子自杀是发生在克莱蒙费朗的一个事件，等等。）不论是奥利维尔，还是乔治，还是他们的另一个兄弟文森特或他们的朋友伯纳德，都不是小说的中心。在爱德华这里我们就比较接近中心了。爱德华是个小说家。他与纪德的关系相当于克利索尔德[①]与威尔斯的关系。我不敢说得再精确一些了。和纪德一样，爱德华也记日记，和纪德一样，他也在写一部叫《伪币制造者》的书，同时和克利索尔德一样，作者也不承认他是自己的化身。爱德华的日记全文都在书里。情节碎片还没出现这日记就开始了，碎片展开的时候日记伴随其左右，形成了纪德这本书的主体。爱德华不仅仅是个记录者，他还是书中的一个角色，其实正是他救了奥利维尔，又为奥利维尔所救。我们就不去打扰这两位的幸福啦。

不过这仍然不是中心。最接近中心的是关于小说艺术的一场讨论。爱德华面对着他的秘书伯纳德和几个朋友滔滔不绝地大发议论。他说生活的真实与小说中的真实是不同的（这是老生常谈，我们都接受），然后他说他想写本书，把两种真实都包含进去。

> "那这本书的主题是什么呢？"莎弗洛尼斯加问道。
>
> "没有主题，"爱德华立刻说，"我的小说没有主题。没错，听起来是有点愚蠢。你愿意的话我们可以说这本书不会有'一个'主题……按自然主义学派过去常用的说法应该是'生活的一个截面'。这个学派犯的一个错误就是，他们总是沿着同一个方向截取生活，总是从长度上截取，那个方向总是时间。为什么不上下截取？或者横着截取？至于我么，我根本就不想截取。明白我的意思吧。我想把所有的东西都放

---

① 威尔斯的小说《威廉·克利索尔德的世界》（*The World of William Clissorld*, 1926）里的主人公。

进我的小说里，我不想东掐一点，西掐一点。我写了一年了，无所遗漏，全放进去了：我的全部所见、所知，我从他人和自己的生活中所能够了解到的一切。”

“我可怜的朋友，你会把读者烦死的！”劳拉大声叫道，忍不住要笑出来。

“根本不会。为了达到我要的效果，我要虚构一个小说家来作我的中心人物，书的主题就是两方的搏斗，一方是现实为他提供的一切，另一方是他想用得到的这一切所做的事。”

“这本书你构思好了吗？”莎弗洛尼斯加问道，尽量保持着严肃的神情。

“当然没有。”

“为什么说‘当然’？”

“对这样的书来说，怎么构思都不合适。预先确定了细节，整本书就全不对了。我要等着现实来说给我听，我来记录。”

“可我以为你想逃离现实。”

“我的那位小说家想逃离，可我一直在把他往回拉。实不相瞒，这就是我的主题：现实提供的事实和理想的现实之间的搏斗。”

“把书名告诉我们吧。”劳拉绝望了，只好说道。

“好啊。告诉他们，伯纳德。”

“《伪币制造者》。”伯纳德说，然后转向爱德华，“现在烦请阁下告诉我们这些伪币制造者是谁。”

“我一点头绪都没有。”

伯纳德和劳拉相互看了一眼，又看看莎弗洛尼斯加。然后响起一声长叹。

实际上，那些与货币、贬值、通货膨胀、伪造货币等等有关的概念已经逐渐进入了爱德华的书中，正如服装理论进入了《衣裳哲学》①，甚至承担了人物的功能。“你们有谁拿到过假硬币吗？”停了一会儿，爱德华问道，“想象一下，一个十法郎的金币，假的，其实只值几个苏，可一直当十法郎用，直到让人看出来为止。假如我开始写的时候想法是——”

“可为什么开始写还要有个想法呢？”伯纳德脱口喊了出来，这时他已经恼了，“为什么不从一件事实开始呢？这件事实引入的方法妥当，想法自然就产生了。要是我来写你这本《伪币制造者》，我就从一个假币开始，就用你刚才说的那个十法郎硬币，我这儿有！”

伯纳德说着，从口袋里掏出一枚十法郎硬币扔在桌子上。

“你看，”他说，“这东西响声没问题。今天早上杂货店找给我的。值几个苏可不止，表面镀了金，其实是玻璃做的。时间长了就会特别透明。别，可别磨啊，会把我的假币搞坏的。”

爱德华把这枚硬币拿了过来，全神贯注地仔细察看。

① 《衣裳哲学》(*Sartor Resartus*) 是苏格兰哲学家、散文作家托马斯·卡莱尔(Thomas Carlyle，1795—1881) 的名作，集故事、自传、评论等为一体。

“杂货店是怎么弄到的?”

“店主也不知道。他闹着玩递给我，然后就告诉我了，毕竟是个正派人嘛。后来他五个法郎卖给我了。我是想，你不是在写《伪币制造者》吗，理应看看假币是什么样的，所以我就买下来了，准备拿给你看。你既然看过了，就还给我吧。看到你对现实没兴趣，挺扫兴的。”

“有啊，”爱德华说，“我有兴趣，不过现实也给我带来麻烦。”

“那太遗憾了。”伯纳德说。①

这一段就是这本书的中心。其中包含了生活的真实相对于艺术的真实这个古老的论题，而且以一枚现实中的假币对这个论题做了简洁明快的解释。其新意在于尝试将这两种真实结合起来，并且提出作者自己也应该与素材混在一起，随之翻来滚去；作者不应该继续着力于控制，而应该希望被控制，被吸引而去。至于情节——见机行事，分解之，精炼之。要允许尼采说的那种“对轮廓的严重侵蚀”(formidable erosions of contour)存在。凡是预先安排好的都是假的。

还有一位著名的批评家也与纪德持相同观点——就是那位据说被她的几个侄女指责为毫无逻辑的老太太。有好一段时间，无论谁跟她解释她都不能理解啥是逻辑，到真搞明白的时候，

① 转述自《伪币制造者》(法文版）第238页至第246页。毋庸讳言，我的文字既没有表达出原文的微妙也没有表达出原文的匀称。——原注

她的不屑甚于她的愤怒。“逻辑！我的天哪！什么破玩意儿！”她高声叫道，“我怎么知道我是怎么想的？我得先知道说什么对不对？”她的侄女都是受过教育的年轻女士，她们认为她落伍了(*passée*)，其实她比她们更现代。

和当代法国保持接触的人说这一代法国作家就是按纪德和这位老太太所说去做的，下定决心让自己卷入混乱，这些法国作家还真的非常佩服英国小说家，觉得他们想做的事做成的可太少了。赞美总是让人愉快，可这个赞美却有点反手一击的意思。这就像是想下个蛋，有人却说你下的是个很像蛋的扁片，与其说令人满意，不如说令人感觉怪异。那么如果你就是想下个扁片又会是什么结果呢，我想不出来，也许就是母鸡死了。这似乎正是纪德的立场之危险所在——他一开始就打算下一个扁片的；如果他想写潜意识小说，那么他就属于考虑不周，不该如此清晰而耐心地分析潜意识；就创作过程而言，神秘主义出场的时机错了。不过那是他的事情。作为批评家，他能给人很多启发，他称之为《伪币制造者》的那一堆堆各色文字不乏欣赏者，这些人的确不知道自己是怎么想的，要先知道自己说什么才行，还有的厌烦了情节独霸天下的模式，包括其替代品也就是人物独霸天下的模式。

显然还有些问题应该考虑，也就是我们还没有仔细考察的某个或者某几个其他的层面。我们可以怀疑以上看法是有意识地装作处于潜意识状态，然而确实存在着一大片剩余的模糊地带，潜意识进去了。诗歌、宗教、激情——都还没有找到位置；因为我们是做批评的——只做批评——所以我们必须设法将其定位，为彩虹编目。我们已经一瞥母亲的墓，考察了坟上的植被。①

因此，细数彩虹的经纬线这件事是必须做的了，现在我们要把思想集中到幻想这个主题上来。

① 此句化自英国诗人威廉·华兹华斯（William Wordsworth，1770—1850）的诗《一个诗人的墓志铭》(*A Poet's Epitaph*) 第五节："Physician art thou?—one，all eyes，/Philosopher！—a fingering slave，/One that would peep and botanize/Upon his mother's grave？"(大意："你是抚慰人心的医生？——看啊，一个哲学家！———个手指灵巧的奴仆，一个会窥探母亲之墓、研究其植被的人？")

## 六、幻想

一门讲座课程要是不想成为言论的堆砌，就必须有一个思想贯穿其中。同时还必须有一个主题，这个思想也一定要贯穿于主题之中。这是不言而喻的事，说出来倒显得有些愚蠢，可是每一个打算做讲座的人都会发现这一点真是很不容易做到。就像其他的词语集合一样，一门课会产生一种氛围。课程有自己的配置，也就是演讲者、听众或者为听众准备的录音之类，上课是定期发生的活动，有关信息通过印刷的通知公布，课程开设还有与资金相关的一面，不过这一点往往都巧妙地避而不谈了。所以课程似乎是以寄生的方式过着一种自己的生活，课程本身和贯穿于其中的思想一般朝着同一个方向走去，而主题却悄悄地朝着另一个方向跑掉了。

贯穿于本讲座各讲的思想现在已经很清晰了：小说中有两股力量，一股是人，另一股是除了人以外捆绑在一起的林林总总，小说家的任务就是调节这两股力量，协调双方提出的各种要求。这个思想非常清晰，但是否也贯穿于小说之中呢？或许我们的主题，也就是我们讨论的这些书，在我们做理论阐述的时候，已经悄悄地跑掉了，像一只鸟儿飞起投下的影子。鸟儿没错，它要向上飞，它一贯如此，以此闻名。影子也没错，它已经掠过了道路和花园。但是这两者越来越不相像了，鸟儿和影子互不接触，不像鸟儿落地歇脚的时候那样。批评，特别是一门以批评为主导的课程，太容易起误导作用了。无论初衷多么高尚，方法多么可靠，其主题总会从底下溜掉，不知不觉就跑了，讲课的和听讲的都可能突然醒悟过来，发现自己虽然在高谈阔论，妙语连珠，却不知所归何处，与读过的东西没有丝毫关系。

纪德担心的正是这个问题，或者说这是诸多问题中他所担心的那一个，因为他是个容易焦虑的人。在我们把真实从一个领域转换到另一个领域的时候，无论是从书本到生活，还是从书本到讲座，真实总会发生某种变化，会出错，不是突然变化，使人有可能察觉，而是慢慢地发生变化。我们从《伪币制造者》中摘录的那一大段兴许能将鸟儿召回到自己的影子这里。然后，那套旧工具就不能再用了。小说还有更多的层面，并不是只有时间、人物、逻辑及其衍生物，甚至并不是只有命运。所谓“更多”，不是指排除了或者包含、包括了这几个层面的某种东西，而是说，这东西像一束光一样切过这些层面，在一处与其紧密相连，耐心地照亮其中所有的问题，在另一处从其上方或者中间穿过，就像这几个层面不存在一样。我给这束光取两个名字：幻想和预言①。

我们现在要讨论的小说都讲了一个故事，包含一些人物，

---

① 福斯特取的这两个名字的确与其通用的含义不太一样，特别是在汉语中，对此文学界多有讨论，但译法一般都是保留原词。概而言之，本书所说的“幻想”（fantasy）和“预言”（prophecy）既可指两种类型的小说，也可指小说的两种手法。所谓“幻想”的意思近于“想象”，“预言”强调的则是用故事讲述先知性的洞见或启示或形而上的真谛，或其微言中之大义、意蕴、韵味等。

有情节或者情节的片断，所以我们可以把适用于菲尔丁作品或者阿诺德·本涅特作品的那套工具用于分析这些小说。但我若是提到其中两部——《项狄传》和《白鲸》——显然我们须得停下来思考一会儿。鸟儿和影子离得太远了。必须找到一个新的公式：一句话就可以将项狄和白鲸相提并论，仅此即可说明问题。这是多么不可能相比的一对啊！其间距离之遥远犹如地球之两极。确实如此。而像两极一样，这两者之间的一个共同之处却是赤道周围的陆地所没有的：一个共同的轴。斯特恩和梅尔维尔作品中最重要的特征就属于小说的这个新的层面：幻想—预言轴。乔治·梅瑞狄斯的确有所触及：他多少有些幻想色彩。夏洛蒂·勃朗特也有所触及：有的时候她是个预言家。但这都不是这两位作家最重要的特征。去掉这个特征，作品还是存在，依然不失为《哈利·里奇蒙》或者《雪莉》。可要是将这一特征从斯特恩、梅尔维尔的作品里去掉，或是从皮考克[①]、马克斯·比尔博姆、弗吉尼亚·伍尔夫、瓦尔特·德拉·梅尔[②]、威廉·贝克福德[③]、詹姆斯·乔伊斯、戴·赫·劳伦斯、斯威夫特[④]这些人的作品里去掉，结果就是什么都没有了。

要定义小说的某个层面，最简单的办法通常就是看小说要求读者具备什么素质。故事要的是好奇心，人物要的是人类情

① 托马斯·洛夫·皮考克（Thomas Love Peacock，1785—1866），英国作家、诗人，作家梅瑞狄斯的岳父。

② 瓦尔特·德拉·梅尔（Water de la Mare，1873—1956），英国诗人、小说家。

③ 威廉·贝克福德（William Beckford，1760—1844），英国哥特小说作家。

④ 乔纳森·斯威夫特（Jonathan Swift，1677—1745），英国—爱尔兰讽刺作家，代表作为《格列佛游记》（*Gulliver's Travels*，1726）。

感和价值观，情节要的是智力和记忆力。幻想要求于我们的是什么呢？是某种额外的付出。幻想要求我们必须做出调适，与艺术品所要的调适不同，那是一种额外的调适。其他小说家会说："这里写的事有可能发生在你的生活中。"幻想类作家则会说："这里写的事不可能发生。我必须要求你首先要从整体上接受我的作品，其次再去接受我作品中的某些东西。"很多读者可以接受第一个请求，但是会拒绝第二个。"谁都知道小说不是真实的生活，"他们说，"但还是希望书里写得自然可信，像这样又是天使又是侏儒又是鬼魂，还有什么孩子出生莫名其妙地延后——不好，这太过分了。"他们要么收回原先的退让，干脆不看了，要么继续看下去，那态度却变得完全冷漠，他们看着作者雀跃嬉戏，却感觉不出这种嬉闹在作者眼里可能有多么重要。

毫无疑问，上面这个办法从批评的角度来看是不合理的。我们都知道，一件艺术品是一个实体，等等等等；艺术作品有自己的规律，与日常生活的规律不同，只要适合，无论是什么，都是真实可信的，所以为什么要对天使鬼魂等等产生疑问，却不去问那东西是不是适合那本书呢？为什么要把天使放在与股票经纪人不同的位置上？一旦进入虚构的世界，幽灵和抵押又有什么区别？我能看出这个论点的合理性，但是我的心拒绝承认。小说的基调是文字，幻想的成分出现以后，会产生一种特殊的效果，有些读者兴奋起来，有些读者就给吓退了：因为其方法或主题十分奇特，所以看幻想类小说才需要额外的调适——就像看展览会上的穿插表演，除了原来的入场费以外还得再付六个便士。有的读者欣然掏钱，他们进入展览会场就是为了来看穿插表演的，我这些话也只能对他们说。还有的读者非常生气，拒绝掏钱，我们向这些读者致敬，因为不喜欢文学中的幻想成分不等于不喜欢文学。这种不喜欢甚至并不意味着缺乏想象力，只不过是不愿意满足对想象力提出的某些要求而已。阿斯奎斯①先生（如果传言为真）就无法接受《变成狐狸的女人》②对他提出的要求。他说，如果狐狸又变回女人的话，他就不会有意见了，而小说的这种写法让他感到不舒服，不满意。这种感觉既不会让一位杰出的政治家丢脸，也不会让一本吸引人的小说蒙羞。这仅仅说明阿斯奎斯先生虽然是一位真正的文学爱好者，却做不到欣然支付额外的那六个便士——或者不如说他愿意支付，但是希望最终还能拿回来。

所以说，幻想要求于我们的就是某种额外的付出。

现在我们来区分一下幻想和预言。

两者的共同点是都拥有神灵，不同点是所拥有的神灵不一样。两者都具有神话意义，这一点就把这两种作品和我们这个话题的其他几个层面区别开了。祈祷求助又有了可能，所以让我们为了幻想，召唤住在低空中、浅水里、小山上的所有生灵，所有的牧神③、树妖④和记忆碎片，所有的语言巧合，潘神和双

① 赫伯特·亨利·阿斯奎斯（Herbert Henry Asquith，1852—1928），英国政治家，曾任英国首相。

② 《变成狐狸的女人》（*Lady into Fox*，1922）是英国小说家戴维·加奈特（David Garnett，1892—1981）的讽刺小说。

③ 这里的“牧神（Faun）”又译“弗恩”，是罗马神话中的自然与丰收之神或农牧之神，形象为半人半鹿。

④ “树妖（Dryad）”又称林中女仙，是希腊神话中的一个族群，职责是守护森林，形象为半人半鹿。

关[1]，召唤中世纪留在坟墓这一边人世间的一切。而说到预言，我们就完全不需要召唤精灵，而是要诉诸超越我们能力的一切，甚至包括诉诸人的激情，我们要诉诸印度、希腊、北欧和犹太的神祇，诉诸中世纪超越了坟墓进入来世的一切，诉诸黎明之子路西法[2]。我们就通过不同的神灵来区分这两类小说。

所以呢，我们今天是摆脱不开一伙小神的纠缠了——就用小精灵来称呼他们吧，只要这个词没有奉献给弱智就行。（你们相信有精灵吗？当然不会的，任何情况下都不会相信。）日常生活里的东西会给连揪带扯拉向不同的方向，地球会给推得有点歪歪倒倒，或出于恶作剧，或出于忧虑，聚光灯会照亮一些要么根本没想到会有光要么不想暴露在灯光下的东西，而文学中的悲剧性虽然没有被排除在外，也会带上偶然的色彩，似乎一句话就能解除其武装。幻想的力量渗入宇宙的每一个角落，但是不会进入主宰它的力量之中——作为宇宙大脑的星辰，永恒之律的大军，始终不会触及——这种类型的小说有一种即兴的气质，其力量和魅力的秘诀就在这里。这种小说也会有坚实的人物刻画，有对行为和文明鞭辟入里的尖锐批评；然而一束光这个比喻必须保留，如果需要召唤某个特别的神，我们就召唤赫尔墨斯[3]吧，他是信使、小偷、跨界护送者，负责把灵魂引到一个不太糟糕的来世。

---

① 原文此处“潘神（Pans）”和“双关（puns）”谐音。“潘（Pan）”或译“潘恩”，是希腊神话中的农牧之神，形象为半人半羊。

② “路西法（Lucifer）”是罗马神话中的光之使者，宗教引用中指称晨星。

③ 赫尔墨斯（Hermes）是希腊神话中的信息传递之神，机智狡猾。

你们觉得我现在会说，幻想小说要求我们接受超自然。我会这样说，但是很不情愿，因为对其主题的任何陈述都会让幻想小说落入批评机制的利爪，应该将其从中解救出来，这一点非常重要。和大多数小说相比，这类小说更需要读过之后才能知道书中写的是什么，其吸引力尤其具有个人化特点——这类作品就是主场中的穿插表演。所以我宁可尽量含糊一些，这么说吧，幻想小说要求我们要么接受超自然，要么不以超自然观之。

幻想小说中最了不起的作品《项狄传》可以清楚地解释这一点。超自然力并没有在项狄的生活琐事中出现，但是有一千件小事表明它近在咫尺。儿子出生时的一些细节项狄先生原来不知道，听说以后他伤心欲绝地回到卧室，这时他卧室里的家具要是像《夺发记》① 中贝琳达的梳妆台那样活了，或者脱庇叔叔② 的吊桥真的通向格利佛的小人国，也不会特别古怪，是不是？这部史诗般的小说有一种中了邪似的停滞感——人物做得越多，做成的事就越少；越没什么可说，说的话越多；想得越狠，心肠就越软；事情都显得那么邪恶，纠缠过去、追溯过去，而不是像品行端正的小说那样着眼于未来，还有，像斯娄泼医生的手术器械包那种无生命的物体居然冥顽不化，实在是非常可疑。很显然，《项狄传》中隐藏着一个神灵，大名就叫“捣乱”，有些读者是接受不了这尊大神的。捣乱几乎是他的典型行

---

① 《夺发记》(*The Rape of the Lock*，1712—1714）是英国诗人亚历山大·蒲柏（Alexandra Pope，1688—1744）的长诗。

② 《项狄传》中的人物。

为——大量暴露他那些可怕的特征并不是斯特恩的本意；那是潜伏在他那部杰作背后的神祇——无以言表的捣乱大军，宇宙成了火中之栗。难怪另一位德高望重的捣乱大神塞缪尔·约翰逊博士在1776年写下这么一句话："古怪之物皆不长久：《项狄传》即是短命！"约翰逊博士的文学评判并不总是那么准，可这一句的准确性也真是差得让人难以置信了。

这样来看，以上所说绝对可以作为我们对幻想的定义。幻想暗示了超自然，但不必表达出来。确实也经常有表达出来的，如果下面这种分类有用的话，我们可以将转入幻想写作的作者用过的手段开列如下：比如在日常生活中出现神灵、鬼魂、天使、猴子、怪兽、侏儒、巫师；或者让普通人进入无人地带、未来、过去、地球内部、第四维空间；或者深入人的内心以及人的内心分裂；最后还有戏仿或者改编这个手段。这些手段永远不会过时，而是会很自然地出现在某种气质的作者笔下，得到新的利用，不过有趣的是数量会受到严格限制，说明这束幻想之光的操纵方法有限。

我想选一本新书来作为典型的例子，这就是诺曼·马特森的《弗莱克的魔法》①，书里讲了一个女巫。我觉得这本书不错，推荐给了一位朋友，这位朋友的鉴赏力我是很尊重的。他认为这本书不怎么样。这就是新书的烦人之处，我们从来就无法从中得到阅读经典作品的时候感受到的那种坦然安逸。《弗莱克的魔法》几乎没有什么新意，幻想类小说都不可能有新东西：只

① 《弗莱克的魔法》（*Flecker's Magic*，1926）是美国作家诺曼·马特森（Norman Matson，1893—1966）的小说。

有那个老掉牙的许愿戒指的故事，那个戒指要么带来痛苦，要么一点儿用都没有。弗莱克是个美国少年，在巴黎学画，一个女孩在咖啡馆里给了他这枚戒指，还告诉他说自己是个女巫，他只要拿定主意想要什么，就一定能得到。为了证明她的法力，她让一辆公共汽车从街面上慢慢升了起来，在空中翻了个身。车里的乘客并没有掉下来，都故作镇静，装得好像一切正常似的。司机当时是站在人行道上的，忍不住露出惊讶的神色，但是等他的车重新安全落地，他觉得最好还是回到驾驶室里，把车照常开走算了。公共汽车是不会在空中慢慢翻筋斗的，没有那样的事。所以弗莱克接受了戒指。他的性格虽然刻画不多，但还是有个性的，这一点就使得这部小说有了吸引力。

故事的发展逐渐紧张起来，出现了一系列的小震撼。这种方法叫苏格拉底式。少年开始想到的是那些最容易想到的东西，比如要一辆劳斯莱斯。可是把那怪兽停放在哪里呢？要么，还是要个美女吧。可是怎么解决她的身份证问题呢？那就要钱？哈，这还差不多，他几乎是身无分文啊。那就要一百万美元。他打算转动戒指说出这个愿望了——只是再想想似乎两百万更有安全感——要么就一千万——要么——钱突然变成了疯狂的东西。他想到长寿的时候也是如此：过四十年再死吧——不，五十年——一百年——太可怕了，太可怕了。这时他想到了一个解决办法。他一直想当个伟大的画家。好，他现在马上就可以实现这个愿望了。可什么样的画家才算伟大呢？意大利的乔托？法国的塞尚？当然不是，必须是他自己这样的，而他并不知道自己是什么样的，所以这个愿望同样不可能实现。

这时一个可怕的老女人开始纠缠他，白天反复出现，晚上的梦里也反复出现。她暗示他别忘了给他戒指的那个女孩。她了解他的心思，总是在街上悄悄走近他身边，对他说："好孩子——亲爱的宝贝——许个愿求福吧。"我们后来得知她才是真正的女巫，那个女孩不过是个熟人，她用来接触弗莱克的。老女人是这世上最后一个女巫——非常孤独。别的女巫十八世纪就全都自杀了——她们无法忍受活在有了牛顿的世界上，在这个世界里二加二居然等于四，即便是爱因斯坦的世界也没有彻底地去中心化来让她们复活。她始终固守着粉碎这个世界的希望，她想让这个孩子祈求幸福，因为自这个戒指问世以来还从来没有人向它提出过这种祈求。

莫非弗莱克是第一个发现自己陷入这种困境的现代人？旧世界的人拥有的东西太少，所以他们很清楚自己想要什么。他们知道全能的上帝，上帝留着胡子，坐在一把扶手椅里，在离地大约一英里高的天上，他们还知道生命很短，也很长，因为日子都填得满满的，全是用不着动脑子的劳作。

在有记载的过去那些年代里，人们希望拥有一座高山上美丽的城堡，住在那里终了一生。但是那座山的高度并不足以让人从窗口看到三千年以前——如今的人在平房里也能看到。在当时的城堡里，没有现在这种满是文字和图片的大部头藏书，那些图文所记载的都是人出于无休止的好奇心天南地北发掘出来的东西；当时的人对龙有一种情感上的半信半疑，但是并不知道曾经只有龙生活在地球上——也不知道龙是人的祖先；当时没有在白墙上像思维一样闪烁的电影，没有留声机，没有用来获得速度感的机器；没有用来记录第四维的图表，人们的生活之间没有像明尼苏达的沃特维尔和法国巴黎之间这样的巨大差异。在城堡里，灯光微弱，闪烁不定，走廊昏暗，房间深陷于阴影之中。小小的外部世界充满了阴影，住在城堡里的人，其思想的顶端也只有一盏微弱的灯光闪亮——底下则是阴影、恐惧、无知，以及对无知的向往。最重要的是，在山上的城堡里没有那种即将获得启示的震撼感——不是今天就是明天，人类的力量会一举加倍，再次改变世界。

古代的魔法故事都是一些关于那个粗鄙遥远的小世界含混不清的想法——至少弗莱克是这么想的，所以他有点生气。这些故事没有给他任何启发。他的世界与他们的世界差别太大了。

他不知道自己是否轻率地放弃了追求幸福的愿望？他似乎想不出个所以然。这超出了他的智力所及。在那些古老的传说里，从来没有过对幸福的祈愿！他对此十分纳闷。

他或许可以试试——就是为了看看会有个什么结果。这个想法让他激动得发抖。他从床上一跃而起，在红砖地上走来走去，不停地搓着双手。

“我想幸福到永远。”他低声说，刚好能听见这几个字，很小心地不去碰到戒指。“幸福……到永远”——前面两个字像两颗坚硬的小石子，敲击着他想象力的铃铛，发出悦

> 耳的乐音，后面三个字却是一声叹息。到永远——他的精神在这三个字那柔软而沉重的力量冲击下低沉下去。于是这三个停留在他思绪中的字发出沉闷的乐音，渐渐消失了。“幸福到永远”——不行！

于是一次又一次——这可是真正的幻想小说家的标记——诺曼·马特森用魔幻王国和常识王国通用的词语把两者真的融为了一体，他创造的这个混合体就此活了起来。故事的结尾我就不说了。你们大概能猜出七八分，但是初读者动起脑子来总会看到惊喜的，不管到了什么时候，好的文学都会围绕着愿望这个概念来写。

现在我们从这个超自然的简单例子转向一个比较复杂的实例——一本成就斐然、文笔精彩的书，其精神风貌却是闹剧式的，这就是马克斯·比尔博姆的《朱莱卡·多布森》。你们都知道多布森小姐，当然不是跟她认识，否则你们现在就不会坐在这里了。就是为了得到这位少女的爱，牛津所有的大学生除了一个以外全都在泰晤士河的赛舟节上跳水自杀，剩下的那一个是从楼上的窗口跳下去的。

这是一部幻想小说绝佳的主题，不过一切都要取决于如何处理。这部小说的处理手法混合了多种元素：现实主义、机智、魅惑、神话，其中神话最为重要。马克斯借用了或者说创造了许多部超自然的机器，因为把朱莱卡仅仅托付于其中之一达不到他想要的效果，小说的幻想性会变得要么太沉重要么太稀薄。可我们就要从满头大汗的皇帝看到黑色和粉色的珍珠，嚎叫的猫头鹰，缪斯女神克利俄的干预，还有肖邦和乔治·桑①的幽灵和内莉·奥莫拉的幽灵；一个不好用了另一个马上就开始了，好让这场最热闹又最精美的丧葬仪式持续下去。

他们穿过广场，走过高街，沿着格罗夫街前行。公爵抬头看了一眼默顿塔："伟大之物方可永恒"②。奇怪，今晚它还矗立在那里，展示着它清冷坚实的美丽——它的目光越过众多的屋顶和烟囱，凝视着马格达伦塔，那是它认准的新娘。不知多少个世纪之后，它还会这样矗立着，凝视着。公爵皱了一下眉头。牛津的院墙总有办法让我们显得渺小；可公爵不甘心把自己的末日看得微不足道。

唉，所有的矿物都嘲笑我们。年年落叶的植物要远比它们更富有恻隐之心。丁香和金缕梅将通往基督教会学院草地那条有栏杆的小路装扮得格外可爱，它们摇动着身体，向公爵点头致意。"再见，再见！阁下，"它们悄声说道，"我们为您极为难过，真是非常难过。我们从不敢想您会比我们更早离开这个世界。我们认为您的死是个极大的悲剧。别了！或许我们会在另一个世界相遇——也就是说，假如动物王国里的成员像我们一样灵魂不朽的话。"

公爵对它们的语言并不精通；然而他在这些轻轻地喋喋不休的花朵之间穿行，至少捕捉到了花儿们的问候，他

① 弗里德里克·弗朗索瓦·肖邦（Fryderyk Franciszek Chopin，1810—1849），波兰作曲家、钢琴家。乔治·桑（George Sand，1804—1876），法国女作家。

② 原文为希腊语。

> 时而朝左，时而朝右，有礼貌地微笑着表示答谢，给它们留下了良好的印象。

这样的一段文字，随心所欲调用各种神灵，难道不是具备了严肃文学无法企及的美吗？如此有趣而又引人入胜，如此绚丽多彩却又如此深刻。对人性的批判穿透全书，不是像箭一样，而是驾驭着精灵的翅膀。快到结尾的时候——可怕的结尾往往断送了小说——这本书似乎疲态骤现：若近距离观察，牛津大学所有学生集体自杀这件事就不像原先设想的那样有什么好笑的了，诺克斯斯将自己抛出窗外更是几乎令人厌恶。尽管如此，这部小说仍然不失为一部伟大的作品，堪称我们这个时代坚守幻想小说理念最为出色的成就，而发生在朱莱卡卧室里的最后一幕，虽然预示着更多的灾难，写得却是无可挑剔。

> 现在她屏住呼吸，心头怦怦直跳，凝视着镜中的女子，心思却不在那里；然后她突然转身，轻轻地快步走向小桌，桌上立着她的两本书。她抓起那本《火车时刻表》。
>
> 我们在看到别人查看火车时刻表的时候总是喜欢打岔。“小姐允许我来帮着找吗？”女仆梅丽桑德问。
>
> “别说话。”朱莱卡说。对打断我们查火车时刻表的人，我们一开始总是很反感。
>
> 到头来我们总是接受这个人的请求。“你看看能不能从这里直接去剑桥，”说着，朱莱卡把那本时刻表递了过去，“如果不行，那就——这样吧，看看怎么去。”

其实我们从来就不相信那个打岔的人。到要紧的关头，那个打岔的人自己也不抱什么希望。朱莱卡坐在那里，看着她的女仆忙乱而毫无头绪地研究着时刻表，不信任的感觉终于让她忍不住了。

“别看了！”她突然说道，“我有个办法，比这强得多。一大早就去火车站。去找站长。给我订一趟专列。就十点开吧。”

她站起身，两只手伸过头顶，张开嘴打了个哈欠，然后微笑了一下。她用双手将头发拢至肩后，松松地挽成一个髻。她十分轻快地上了床，不一会儿就进入了梦乡。

所以朱莱卡是应该来到这个地方的。她似乎始终都没来，我们只能假设是由于诸神的干预，她的专列没有启动，或者更可能的情形是列车还停在布莱切利车站的侧轨上没有调出来。

我前面列出的手段里提到了“戏仿”或者“改编”，现在我们来对这个手段作进一步探讨。我们这里所说的幻想小说家为了创作自己的神话，会采用前人的作品作为框架或者素材来源以达到自己的目的。《约瑟夫·安德鲁斯》① 中就有这样一个半途而废的例子。菲尔丁下决心要把《帕梅拉》② 当作一部滑稽神话来用。他觉得让帕梅拉有个弟弟会很有趣，这个弟弟是个心思纯净的仆人，他应该像帕梅拉拒绝布先生（Mr. B）一样拒绝布

① 《约瑟夫·安德鲁斯》(*Joseph Andrews*，1742）是亨利·菲尔丁的第一部小说。

② 全名是《帕梅拉，或美德有报》(*Pamela; Or Virtue Rewarded*，1740—1741)，这是塞缪尔·理查森的一部四卷本书信体道德说教类小说。

比夫人的关注，而菲尔丁把布比夫人设计为布先生的婶婶。如此他便可以嘲笑塞缪尔·理查逊了，偶尔还可以表达一些自己对生活的看法。然而菲尔丁对生活的看法使他最终还是只满足于创造坚实的圆形人物，随着亚当斯牧师和思丽普斯娄普太太两个人物逐渐丰满起来，小说戏仿的幻想部分就结束了，我们看到了一部独立的作品。《约瑟夫·安德鲁斯》（也是颇具历史价值的小说）让我们感兴趣的是可以将其视为一个错误尝试的范例。作者以在理查逊的世界里装疯卖傻开始，却以在他自己的世界里认起真来而结束——也就是汤姆·琼斯和阿米莉亚的世界。

戏仿或者改编对某些小说家有着极大的好处，尤其是对有些人来说更是如此，他们或许想表达的东西很多，同时不乏文学才华，但是不会从个体的视角看世界，换言之，他们不太擅长从塑造人物入手。这样的人如何开始写作呢？某个已经问世的作品或者文学传统或许能给他们带来灵感——他们可能会在其中某处高高的屋檐下看到一个图案，就此开始，他们也许会在房椽之间荡来荡去以增添力量。洛斯·迪金森的幻想作品《魔笛》似乎就是这样写出来的：莫扎特的世界成了这部小说的神话之源。塔米诺、萨拉斯特罗、夜女王都站在自己的魔法王国里听从作者调遣，作者的想法注入之后，他们就活了，一部精美的新作由此诞生。另一部幻想作品也是如此，只是一点都不精美，这就是詹姆斯·乔伊斯的《尤利西斯》①。要是没有《奥

① 《尤利西斯》，巴黎莎士比亚书店版，目前在英国买不到。比较“开明”的美国出了一个残缺不全的版本，未经作者允许，也没有付给作者一分钱。——原注

德赛》的世界来指引他，同时为他提供笑柄，他根本就无法完成这件文坛盛事——也许是当代最有趣的文学实验吧。

我只谈《尤利西斯》的一个方面：这本书当然并不只是一部幻想小说，它是一种固执的尝试，想用污泥覆盖天下，它逆维多利亚时代风尚而行，想在甜蜜和光明失败的地方让乖戾和下流取得成功，为了地狱的需要而把人性简单化。所有的简单化都令人着迷，也都让我们远离真理（《项狄传》那一摊烂泥距离真理要比这个近得多），《尤利西斯》不可能因为包含了某种美德而留住我们——不然的话我们就还得讨论汉弗莱·沃德太太[1]了。我们之所以关心这部小说，是因为乔伊斯能通过一个神话创建出他所需要的那个特别的舞台和各种人物。

四十万言只描述了一天的活动，场景是都柏林，主题是旅行——这个现代人从清晨到午夜的旅行，从起床到去完成肮脏不堪的平庸职责，去参加了一个葬礼，去了报刊编辑部、图书馆、小酒馆、厕所、产科医院，到海边溜达了一阵，去了妓院和流动咖啡亭，然后回到床上睡觉。这趟旅行得以连贯起来是因为它依托的是一位英雄在希腊海上的漂泊旅程，就像一只蝙蝠始终挂在屋檐下一样。

尤利西斯实际上就是利奥波德·布鲁姆先生，一个改变了信仰的犹太人：贪婪、好色、胆小、俗气、散漫、浅薄、心地善良，总是在情绪最低落的时候装作充满渴望的样子。他想通过身体来探索生活。珀涅罗珀是玛丽恩·布鲁姆太太，一个过

① 汉弗莱·沃德太太（Mrs. Humphry Ward，1851—1920），英国严肃小说家，很多人认为其作品无趣。

气的女高音歌手，对她的追求者绝不挑剔。第三个人物是年轻的斯蒂芬·迪达勒斯，布鲁姆将他认作自己精神上的儿子，颇似尤利西斯认下忒勒玛科斯为自己真实的儿子。斯蒂芬想通过智力来探索生活——我们以前在《一个青年艺术家的画像》① 中见过他，现在他又给安排进了这部充满污秽和幻灭的史诗。他和布鲁姆半路相逢在夜城（这个地名部分对应荷马笔下女妖喀耳刻的宫殿，部分对应《奥德赛》中尤利西斯深入地狱的经历），就在夜城污秽肮脏的超现实巷子里他们建立起虽不算深却十分真诚的友谊。这是此书的危急时刻，就在这里——其实贯穿了全书——许多小型神话蜂拥而至，繁殖生长，就像毒蛇鳞片之间的寄生虫。天上人间充斥着地狱般的生活，人格消融，性别交换，最终整个宇宙，连带着寻欢作乐的倒霉蛋布鲁姆，一起卷入一场没有欢乐的恣意狂欢。

这部小说成功了吗？不，不算太成功。文学中的愤怒从来就不太成功，无论是朱文诺 ②、斯威夫特还是乔伊斯；文字中有些东西和愤怒的朴素本质格格不入。夜城的场景并不成功，除非是将其视为各种幻想的堆积滋生之地，各种记忆的怪胎式耦合。这个方向上所能达到的最高预期效果已经达到了，整部小说中我们都看到了类似的试验，其目的是要贬低一切，而且特别针对文明和艺术，办法就是彻底揭露，彻底颠覆。一些热情

① 《一个青年艺术家的画像》（*A Portrait of the Artist as a Young Man*）是乔伊斯的第一部意识流小说，有自传性质，首版于 1916 年，即《尤利西斯》首版 6 年前，书中主人公即斯蒂芬·迪达勒斯。

② 朱文诺（Juvenal，拉丁文全名是 Decimus Junius Juvenalis，60？—140？），古罗马讽刺诗人。

支持此书的人可能会认为《尤利西斯》不应该在这一讲讨论，应该放在下一讲里，放在“预言”这个标题下，我理解这个批评的意思。但我今天还是想提一提这本书，把它和《项狄传》《弗莱克的魔法》《朱莱卡·多布森》《魔笛》放在一起，这是因为乔伊斯的愤怒和其他几位作家更为愉快或者更为平静的情绪一样，从本质上看似乎都是幻想式的，缺少我们即将听到的那种音调。

我们必须更进一步而且以更为细致的方式探讨神话这个概念。

## 七、预言

狭义的预言指预知未来，这不是我们所关心的意义；我们也不太关心这个词的另一个意义，即呼唤正义。今天让我们感兴趣的，或者说我们必须做出回答的——兴趣现在已经变成了一个不太合适的词——是小说家发出的声音里带有的一种音色，幻想的长笛和萨克斯管或许已经为这种音色做了铺垫。小说家的主题是天地万物整个宇宙，或者具有普遍意义的事物，但他却不一定要"说出"关于宇宙的什么事情；他打算唱歌，小说厅堂里响起的歌声就一定会因为奇异而让人震惊。歌声和普通家具怎么融合呢？我们会问自己，而且只能回答那效果"不怎么样"：歌者没有多少空间可以做出舒展的姿势，桌椅都是坏的，沾了吟游诗人习气的小说常带有一种残破的味道，就像遭了地震或者孩子们聚会之后的客厅。读过戴·赫·劳伦斯作品的人会明白我的意思。

我们这里所说的预言是一种语调。这种语调可能暗示着任何一种人类总是挥之不去的信仰——基督教、佛教、二神教、撒旦教，或者不过是人类的爱与恨过于强烈，超出了正常的承受能力而已；至于提倡某种特定的宇宙观，和我们并没有直接的关系。这种暗示才是最重要的，也正是这种暗示渗透于小说家语言的曲折之间，我们这个讲座说好了要模糊，要宏大，所以比起其他研究手段，我们可能更接近风格体现在细节上的特征点。我们要观察小说家的思想状态和他所使用的具体词语，我们要尽可能地忽略常识性问题。尽可能：因为所有的小说里都有桌子椅子之类寻常物件，而大多数小说读者一上来就去找这种东西。谴责小说家矫揉造作曲解生活之前，必须先了解他的视角。他根本就没去看那些桌子椅子，所以那些东西是模糊不清的。我们只看见他不关注的东西——而不是他关注的东西——因他自己的盲目而嘲笑他。

我前面说过，小说的每一个层面都要求读者具备某一种不同的素质。那么预言型小说呢，要求的是两种素质：一是谦卑，二是搁置幽默感。对谦卑这种品质，我只能给予有限的欣赏。在人生的许多阶段，谦卑就是个巨大的错误，会恶化成自我防御或者虚伪。但谦卑放在这里却是正合适。没有谦卑相助，我们就听不见预言家的声音，我们的眼中也只会留下一个有趣的身影而不是这个人的辉煌。至于幽默感么，在这里是不合适的：文化人这种可敬的附属品此刻须得搁置。就像《圣经》里的学童一样，人总是忍不住要嘲笑先知——他那个秃脑袋太可笑了——但人也可以无视这种嘲笑，明白那并没有批评价值，不过是没教养的人喜欢干的事罢了。

我们来区分一下预言型小说家和非预言型小说家。

有两位小说家，都成长于基督教环境中。后来经过一番思考，他们都脱离了基督教，然而他们既没有放弃也确实不想放弃基督教精神，他们觉得那是一种关爱他人的精神。他们都认为罪孽总是要受到惩罚的，而惩罚就是一种净化，他们看待这个过程的时候不像古希腊人或者现代印度人那样带着疏离的情感，而是眼中带着泪。怜悯，在他们的感觉中，是一种氛围，内中实行的是道德逻辑，离开了悲悯的氛围，道德的逻辑就是粗鲁的，没有意义的。如果不在救治中加入来自上天的恩泽，一个罪人受到惩罚和救治又有什么用呢？那么加入的部分来自何处？不是来自机械的体制，而是来自产生这个过程的氛围，来自爱和怜悯这两种（他们坚信）上帝所拥有的特质。

这两位小说家一定是多么相似啊！可其中一位是乔治·艾略特，另一位是陀思妥耶夫斯基。

人们会说陀思妥耶夫斯基视野开阔而深邃。乔治·艾略特也同样如此。要将他们区分开来——必须加以区分——并非易事。不过我读两段他们的作品，两人之间的区别即可清晰显现出来。在只管分类的人眼里，这两段是很相似的，但在声乐鉴赏家听来，两人却来自两个不同的世界。

我先读《亚当·比德》① 的一个选段，这一段在五十年前非常出名。海蒂在监狱里，因谋杀自己的私生子被判死刑。她拒不认罪，心硬似铁，不肯悔过。卫理公会教徒黛娜来看她，想打动她的心。

> 黛娜开始怀疑海蒂是否意识到坐在她边上的人是谁。但是她越来越强烈地感受到神的存在——不，仿佛她自己就是这个存在的一部分，正是神的悲悯在她的胸膛里跳动，

① 《亚当·比德》(*Adam Bede*，1859）是乔治·艾略特的第一部长篇小说。

祈求着这个无助的人得到拯救。在这种悲悯的推动下，她终于开口了，她想弄清楚海蒂对眼前的情况究竟了解多少。

“海蒂，”她轻声说，“你知道在你身边的是谁吗？”

“知道，”海蒂慢慢说道，“是黛娜。”停了一会儿，她又说：“可你帮不了我。你拿他们没办法。他们星期一就要绞死我——今天星期五了。”

“可是海蒂，这间牢房里除了我以外还有他呢，他就在你身边。”

“谁？”海蒂吓坏了，悄声问道。

“他一直和你在一起，你犯下罪过的时候，遇到麻烦的时候，他都在——他知道你所有的想法——他看见了你到哪儿去，在哪儿躺下然后站起来，还有你想隐瞒的所有行为。星期一那天，我不能跟你去了，我的双臂碰不到你了，死亡把我们分开以后，现在和你在一起而且无所不知的他，到时候还会和你在一起。没什么不一样的——无论我们是活着还是死去，上帝都和我们同在。”

“噢，黛娜，没人能为我说句话吗？他们一定要绞死我吗？……他们要让我活着该多好啊……帮帮我吧……我感觉不到你那种感受……我的心很硬。”

黛娜握住那只求助的手，将整个灵魂都倾注到自己的声音里：“……显显灵吧，万能的救世主！让逝者听到您的声音；让盲者睁开眼睛：让她看到上帝环抱着她；让她只是因为犯下了与主分开的罪孽而战栗。请融化她坚硬的心，开启她紧闭的唇，让她以整个灵魂来哭泣：‘圣父啊，我犯下了罪。’”

“黛娜，”海蒂抽泣着，双臂搂着黛娜的脖子说，“我要说……我要全说出来……我不想再隐瞒了。是我干的，黛娜……我埋在树林里了……那个小婴儿……他哭了……我听见他哭了……离那么远都能听见……哭了一晚上……我回去了，因为他在哭。”

她停了一下，然后提高声音，用恳求的语气急促地说：

“可我以为他不会死的——也许有人会发现他啊。我没有杀他——不是我杀的。我把他放在那儿盖好，等我回来一看，他就不见了……看到孩子不见了我才知道自己是个什么感觉。我把他放在那儿的时候，是希望有人发现他救他一命的，可我看到他不见了，当时就惊呆了，害怕呀。我根本就没想动弹，身上一点劲儿都没有。我知道我跑不了的，看见我的人都会知道孩子的事。我的心像石头一样一动不动；什么也想不出来，什么也做不了；好像我会永远待在那儿，就那种状态永远不会变了。可是他们来了，把我带走了。”

海蒂沉默下来，却又开始发抖，好像还有什么话要说；黛娜等待着，她知道海蒂的心里堵得满满的，眼泪出不来，话就出不来。终于，她抽泣了一声，开口了。

“黛娜，你觉得上帝会把那个哭声还有树林里的那个地方都带走吗？我可是全说了。”

“我们祈祷吧，可怜的罪人：我们再跪下来，向仁慈的上帝祈祷。”

我的引用对这段描写不太公平，因为我不得不做了删减，而乔治·艾略特所依赖的正是她的庞杂——她的风格缺乏细腻。这个场景真诚，坚实，感伤，渗透了基督教精神。黛娜所召唤的神对这位女作家来说也是一种鲜活的力量：他出现在这里不是为了激发读者的情感；他与人类的错误和苦难原本就相伴相生。

现在我们把乔治·艾略特的这一段和下面《卡拉马佐夫兄弟》中的一个场景对比一下（米嘉受控谋杀了父亲，其实他是在精神层面上而不是在技术层面上有罪）。

> 他们继续对议定书做最后的修订。米嘉站起身来，从椅子边上走到窗帘旁的角落，躺在一个盖着毯子的大箱子上，很快就睡着了。
>
> 他做了一个奇怪的梦，和他眼下的处境毫不相干。
>
> 他坐在马车上，经过大草原上的一个地方，很久以前他在那儿驻扎过。一个农民冒着冻雨夹雪为他赶着一辆两匹马拉的车。不远处有个村子，他可以看到黑乎乎的棚屋，半截已经烧毁，只剩下烧焦的屋梁挺立着。他们赶着车进了村子，路旁的农妇聚了过来，人数很多，整整一排，个个瘦弱不堪，面色灰暗，尤其是站在边上的一位，她又高又瘦，看起来有四十岁了，可也许才二十岁，有着一张干瘦的长脸。她怀里抱着一个小婴儿，正在哭闹。她的乳房似乎干涸了，一滴奶水也没有。孩子不停地哭，伸出两只

光溜溜的小胳膊，小小的拳头冻得发紫。

“他们为什么哭？他们为什么哭呢？”他们快乐地疾驰而过的时候，米嘉问道。

“是娃娃，”车夫回答说，“娃娃在哭。”

米嘉被他的话打动了，他那种农民的口气，“娃娃”。他喜欢农民叫小婴儿“娃娃”。那里面似乎包含了更多的怜悯。

“可他为什么哭呢？”米嘉傻乎乎地追问，“他的小胳膊为什么是光着的？怎么不给他包起来？”

“这还不知道！他们是穷人，都烧光了。他们没面包。他们在要吃的，因为家都烧光了。”

“不是，不是，”米嘉好像还是不明白，“告诉我，那些穷苦的母亲为什么站在那儿？人们为什么穷？小娃娃为什么这样可怜？草原为什么这样荒凉？他们为什么不互相拥抱亲吻？为什么不唱欢乐的歌？为什么他们遭遇痛苦会如此忧郁？为什么他们不给小娃娃吃东西？”

他觉得，尽管他的问题毫无道理也毫无意义，他还是要问，必须这么问。他感到一种强烈的怜悯，一种他以前从不知晓的激情，在他的心中升腾起来，他想哭，他想为所有这些人做点什么，让婴儿不再哭闹，让面色忧郁乳房干瘪的母亲不再饮泣，从那一刻起再也没有人流泪，他想立刻开始行动，立刻，不顾所有的障碍，打起卡拉马佐夫家十二分的无畏精神……他的心中通亮，他挣扎着扑向这亮光，他渴望活下去，向前走，向前，向着召唤他的新的光明前进，加快脚步，赶快，快啊，现在就开始！“什么！在哪儿？”他喊出声来，睁开眼睛，从箱子上坐了起来，仿佛从一场意乱情迷中苏醒过来，灿烂地微笑着。尼古拉·帕芬诺维奇站在他面前，告诉他该听宣读议定书了，然后要签名。米嘉估摸自己睡了个把小时或者更长的时间，但是他没听见尼古拉·帕芬诺维奇说什么。因为他突然吃了一惊，发现他脑袋下面有个枕头，他记得自己疲惫不堪地倒在箱子上睡下去的时候是没有枕头的。

“谁给我放的枕头？谁这么好心？”他大声问道，声音里带着一种喜悦的感激，而且含着泪，似乎承受了某种莫大的善意。

他始终没有搞清楚这个善良的人到底是谁，也许是某个来当证人的农民，或者是尼古拉·帕芬诺维奇的小秘书，以恻隐之心，想到了给他头下放个枕头，但他的整个灵魂都激动得流泪。他走到桌旁，说他们想要他签什么他就签什么。

“我做了个好梦，先生们。”他用一种奇怪的声音说道，脸上带着一种新的光芒，像是为欢乐所照亮。

现在我们来看这两个选段有什么不同：一种像脉搏一样跳动在每句话里的不同。这个不同就是：前一位作者是传道者，后一位作者是预言者。乔治·艾略特谈论上帝，但从不改变她的焦点；上帝和桌子椅子都在同一个平面上，结果就是我们丝毫没有感觉到整个世界都需要怜悯和爱，这种需要只存在于海蒂的囚室里。在陀思妥耶夫斯基的作品中，人物和情景总是超越其本身，有无限性陪伴其左右；这些人物和情景仍然是独具特色的个体，却能延伸自我以拥有这种无限，同时召唤无限来拥抱自己；这种情形依锡耶纳的圣凯瑟琳[①]所言即是：上帝在灵魂之中，灵魂在上帝之中，就像海在鱼中而鱼在海中一样。他写的每一句话都暗示着这种延伸，而这类暗示在他的作品中居于支配地位。他是普通意义上的小说大家，也就是说，他笔下的人物既与普通生活相联系又活在自己的环境中，有很多让我们保持兴奋状态的事件等等；同时他也有先知的大能，这一点我们就无法用普通的标准去衡量了。

这就是海蒂和米嘉之间的巨大差异，尽管他们生活在同样的道德和虚构世界里。海蒂自身就是充分的。她是个可怜的姑娘，经人劝导坦白了自己的罪行，由此获得了一种更好的心态。但是米嘉自身是不充分的。只有通过他所隐含的意义去了解他，才能看到他的真实状态，他的心态根本就不固定。从他自身来看，他似乎扭曲得无法描绘，行为都是间歇性的；于是我们开始设法解释他的行为，说他对这个枕头过分感激是因为他太兴奋了——其实这很像俄罗斯人。要理解他就必须看到这个角色的延伸，陀思妥耶夫斯基所关注的那个米嘉并没有躺在那个木箱上，甚至也不在梦境里，而是在一个人类其他成员也能加入进来的领域里。米嘉就是——我们所有的人。阿廖沙是，斯乜尔季亚科夫也是。他既是先知的异象，也是小说家的创造。他

① 锡耶纳的圣凯瑟琳（St. Catherine of Siena，1347—1380）是意大利文艺复兴时期最著名的女圣徒。

不会变成今天我们在座的各位：在这里他就是米嘉，正如海蒂就是海蒂。通过爱和怜悯所产生的延伸、感化、结合都发生在一个只能暗示的领域里，要进入那个领域，小说这个途径大概是错误的。卡拉马佐夫兄弟、梅什金、拉斯柯尔尼科夫的世界①，还有我们即将进入的莫比·迪克②的世界，不是用来掩饰的面纱，不是用来比喻的寓言。那个世界就是普通的小说世界，但是有延伸的轨迹可以回溯。之前我们在讲座中谈到过那个幽默的小人物伯特伦夫人，就是带着哈巴狗坐在沙发上的那位，也许她可以帮助我们理解这些有点深奥的问题。我们说过，伯特伦夫人是个扁平人物，情节需要的时候能延伸为圆形人物。米嘉是个圆形人物，但他还能延伸。他什么也不掩饰（那是神秘主义），他什么也不代表（那是象征主义），他只是德米特里·卡拉马佐夫，但是只要做了陀思妥夫斯基笔下的人，就要汇入有史以来所有的人类之中。于是激流瞬间奔涌而来——就我而言，是在看到他最后那句话的时候："我做了个好梦，先生们。"我也做过那个好梦吗？不是的，陀思妥耶夫斯基的人物要和我们分享的是比他们的经历更深刻的东西。他们向我们传达的是一种感受，有几分极为真切的感觉，就像沉入一个半透明的球体，看得见自己的经历远远地在上方的水面上漂浮着，极小，极远，然而的确是我们自己的经历。我们仍然是人，我们

① 梅什金和拉斯柯尔尼科夫分别是陀思妥耶夫斯基作品《白痴》（1868）和《罪与罚》（1866）中的主人公。

② 莫比·迪克是《白鲸》中那条鲸鱼的名字，后文提到的亚哈是故事中与之搏斗的捕鲸船船长。

什么也没放弃，然而“海在鱼中，鱼在海中”。

这里就触及了我们这个主题的界限。预言者发出的信息我们并不关心，或者更确切地说，我们尽可能不去关心（因为内容和形式完全分开是不可能的）。我们关心的是他发出的声音所具有的那种音色，他的歌声。海蒂在监狱里可能也做了个好梦，反映了她的真实想法，真实得令人满意，但是也许梦还没结束她就醒了。黛娜会说她很高兴她做了个好梦，海蒂会讲述她的梦，和米嘉的梦不一样，她的梦会和她面临的危机有逻辑上的关联，接着乔治·艾略特会对美梦发表一些合乎情理又富有同情心的泛泛之论，阐述好梦对痛苦的内心那种莫名的治愈作用。两个场景、两部小说、两个作家，看似相同，却又截然不同。

另一个角度由此出现。仅以小说家观之，预言家有着某些不可思议的优势，有的时候即便考虑到家具的安全，让他登堂入室也是值得的。他也许会打坏东西或者把家具弄得不成样子，但也有可能让那些家具发出光彩。就像我说的幻想小说家那样，他操纵着一束光，偶尔照亮为常识之手所辛勤拂拭的物件，让这些东西比日常生活中的任何时候都更为生动。这种间歇性的现实主义弥漫在陀思妥耶夫斯基和赫尔曼·梅尔维尔所有的佳作之中。陀思妥耶夫斯基可以非常耐心而又精确地描述一次庭审的过程或者一架楼梯的外观。梅尔维尔可以罗列种种鲸鱼产品（“我终于发现最难写的是最普通的东西。”他说。）。戴·赫·劳伦斯会描写一块开满鲜花的草地或者弗里曼特尔港的进口。前景中的小事物似乎是预言小说家某些时刻唯一关注的对象——他在这些小东西的环绕中坐了下来，既安静，又忙碌，像个孩子栖身于两场嬉闹之间。在这些间歇时刻里他感觉到了什么？是另一种形式的兴奋，还是暂时的放松？我们不得而知。毫无疑问，这就是 A. E.[①] 开乳品店时的感觉，或者克洛岱尔[②] 当外交官时的感觉，可那又是什么感觉呢？不管怎么说吧，这些小说都具有这个特点，由此形成艺术作品中总是带来挑衅性的一个特征：表面粗糙不堪。一眼看去，所见皆凹凸不平，让我们不由自主地发出或称赞或厌弃的惊呼。事后一想，粗糙全然被忘却，作品变得像月亮一样光洁。

由此可见，预言小说似乎有一些明确的特点。它要求读者谦卑，放弃幽默感。它向背景中延伸——虽然不能以陀思妥耶夫斯基为例说这种延伸总是指向爱和怜悯。它以间歇的方式反映现实。它还给我们听到歌声或者什么声音的感受。它与幻想小说不同，它面向统一，而幻想小说则四处环顾。它的混乱是偶然性的，而幻想小说的混乱则是根本性的：《项狄传》必须是一团混乱，《朱莱卡·多布森》必须不停地改变神话体系。此外，可以想象的是，预言小说家比幻想小说家从现实中“抽离”得更为彻底，所以在创作的过程中处于更为疏远的情感状态。具有这种特点的小说家并不多。坡[③] 的出现太偶然了。霍桑[④] 围着个体的救赎团团转，过于焦虑，不得脱身。哈代这位哲

---

① A. E. 是爱尔兰诗人、评论家、画家乔治·威廉·拉塞尔（George William Russell，1867—1935）的笔名。

② 保罗·克洛岱尔（Paul Claudel，1868—1955），法国诗人、剧作家、外交官。

③ 埃德加·爱伦·坡（Edga Allan Poe，1809—1849），美国诗人、小说家、评论家。

④ 纳撒尼尔·霍桑（Nathaniel Hawthorne，1804—1864），美国小说家。

学家兼大诗人或许会觉得自己是够格的，但哈代的小说都像调查报告，没有声音。他的作品里作者身居幕后，这是真的，但是人物不能回溯式延展[①]。作者向读者展示人物的一举一动，这些人物或许能反映读者的痛苦，但绝对没有延伸的能力——我的意思是，裘德绝对不会像米嘉那样走上前来说“先生们，我做了一个可怕的梦”，让我们得以宣泄情感。康拉德的状况也差不多。他的声音，也就是马娄[②]的声音，里面全是各种经验，根本无法歌唱，对错误和美的回忆太多，让那声音变得枯燥无味，说话的人阅尽沧桑，除了因果关系以外反倒是什么也看不见了。拥有一种哲学——甚至像哈代和康拉德那样诗意的、情感化的哲学——就会去思考生命和事物。预言家并不思考。他不会去苦心研究什么。所以我们把乔伊斯排除在外。乔伊斯的作品有许多特点和预言很接近，可以看出，（特别是在《一个青年艺术家的画像》中）他对罪恶的把握富有想象力。然而他对作品整体是起破坏作用的，就像个熟练工一样，总是到处找这个工具那个工具：尽管他的内心十分放松，但他的表现是紧绷着的，他从来不含糊其词，除非刻意而为，他的作品都是在说啊说啊，从来不歌唱。

所以，尽管我相信这次讲座讨论的小说层面是真实的而不是虚假的，我也只能想到四个作家可以用来作为实例：陀思妥耶夫斯基，梅尔维尔，戴·赫·劳伦斯，艾米莉·勃朗特。

---

① “回溯式延展”原文为 reach back，指回溯至形而上的主题或真谛等具有丰富内涵的精神动机。

② 康拉德作品中的主人公。

艾米莉·勃朗特我留到最后讲，陀思妥耶夫斯基我已经提到了，现在梅尔维尔是我们关注的中心，而梅尔维尔的中心则是《白鲸》。

《白鲸》是一本很好懂的书，只要把书中的故事当作间或穿插着诗意的捕鲸奇谈或者记述来读就行。一旦我们捕捉到了其中的歌声，这本书就变得难懂而且极为重要了。把《白鲸》在精神层面上的主题精简压缩成词语就是：用了太长的时间或者说以错误的方式与邪恶进行的一场搏斗。那头白鲸代表邪恶，亚哈船长因无休止的追逐而扭曲，直至其英勇搏斗变成了复仇。这是词语——也就是这部作品的标志，假如我们需要一个这种标志的话——然而与将其视为一部奇谈相比，这些词语不能帮助我们更深入地理解作品，或许还会让我们的理解倒退，误导我们去将书中的各种事件和谐化，以致丢失这些事件的粗粝感和丰富性。争斗这个主题是可以保留的，所有的行动都是一场战斗，唯一的幸福就是平静。不过是谁与谁之间的争斗呢？如果说是善恶之间的争斗，或者是两个不可调和的邪恶之间的争斗，我们就错了。《白鲸》的要义即其预言之歌像一股暗流，纵横于书中的行动和表层道德教义之中。它在词语之外。甚至在结尾时，裴廓德号带着钉在桅杆上的天堂鸟和那口空棺材沉入海底，又被旋涡卷上来，把以实马利送上水面使其生还——甚至在这个时候，我们也听不清这首歌的歌词。有加强音，有间歇，但是没有可以解释的结果，当然也没有回溯至具有普遍意义的怜悯和爱，没有“先生们，我做了个好梦”。

这本书的非同寻常表现在书中发生较早的两个事件中，一个是关于约拿的布道，一个是以实马利与魁魁格的友谊。

这个布道与基督教无关。布道的内容强调不计回报的忍耐或者忠诚。布道者“跪在讲坛前，两只棕色的大手在胸前交叉，仰起头，闭着双目，以深沉的虔诚祈祷着，就像跪在海底祈祷似的”。然后他的情绪渐渐高涨，高涨，结尾时一个欢乐的音符，远比威胁还要令人恐惧。

> 这个卑鄙险恶的世界航船在他身下沉没之时，他强壮的手臂还支撑着他，他将感到喜悦。坚持真理毫不留情，杀尽、烧尽、毁尽所有的罪孽，即便那是从参议员和法官的长袍下扯出来的也是同样，他将感到喜悦。不承认律法也不认可君主，只服从主上帝，只做天国的卫士，他将感到喜悦，而且是最高尚的喜悦。狂风恶浪的肆虐绝不会动摇他这一如龙骨般坚定的意志，他将感到喜悦。永恒的喜悦和满足将属于他，在躺倒之时，还会用最后一口气说：哦，主啊！你的惩戒让我看到了你，生前死后都是如此，我就要死了。我努力过，要属于你而不是属于这个世界或者我自己。然而这无关紧要，我要把永恒留给你，因为活得超出了上帝给的一生还算是个人吗？

读者在小说结尾处最后那场大灾难前看到的那条船叫“喜悦号”，我相信这绝非巧合；那是一条承载着不祥之兆的船，遭遇了白鲸，被白鲸撞得粉碎。不过这在作者心目中到底是一种什么样的关联，我说不出来，他也没法告诉我们了。

这场布道一结束，以实马利就和食人族的魁魁格结成了热情的盟友，一时之间，这本书似乎是要写一部兄弟之情传奇了。但人的关系对梅尔维尔来说并不重要，魁魁格以一种怪诞激烈的方式出场之后，几乎就给忘掉了。几乎——不是真忘了。快到结尾的时候他病了，人们为他做了一口棺材，后来他没用上，因为病好了。正是这口棺材起了一个救生圈的作用，把以实马利从最后那个旋涡中救了出来，这也不是巧合，而是梅尔维尔的脑海中突然冒出来的一个即兴的关联。《白鲸》充满了意义：这一点本身的意义却是另外一个问题。将“喜悦号”和棺材都理解为象征是错误的，因为象征主义的解读就算是对的，起码也会让这本书失去声音。除了说《白鲸》写了一场争斗以外，别的都说不清楚。其余部分都是歌声。

梅尔维尔作品的力量多来自他对邪恶的理解。按一般做法，小说中表现邪恶是软弱无力的，多止于描写不当行为，或者就有意写得疑团重重。大多数小说家觉得，邪恶要么与性和社交有关，要么就是某种说不清道不明的事情，用一种暗含诗意的特殊风格来表现比较合适。他们想让邪恶存在，这样便于推动情节发展，对他们有好处，但是邪恶的本质就没有什么可言，作品会因为有个恶棍而在整体上束缚作者的手脚，比如勒夫莱斯①和尤利亚·希普②，这种恶棍给作者带来的害处甚至超过了给书中人物造成的危害。说起货真价实的恶棍，我们就必须提

① 塞缪尔·理查森书信体长篇小说《克拉丽莎·哈娄》（*Clarissa Harlowe*，1747—1748）中的人物，浪子的代表。

② 狄更斯小说《大卫·科波菲尔》（*David Copperfield*，1849—1850）中的人物。

到梅尔维尔的另一部小说《比利·巴德》[①][②]。

这只是一部中篇，但是必须提到，因为这篇小说可以帮助我们理解他的其他作品。故事的场景是诺尔兵变[③]之后不久的一艘英国军舰上——很像个舞台，却是一艘货真价实的战舰。主人公是一位年轻的水手，秉性善良——和阿廖沙[④]的善良相比有些逊色——不过他的善良属于热情迸发咄咄逼人的那种，除非面对邪恶有用武之地，否则很难生存。他并不是个咄咄逼人的人。是他内心的光芒时时招惹是非，迸发出来。表面上看，他是个可爱、快乐、有点憨厚的小伙子，体形完美，只有一个小小的缺陷，就是口吃，这个毛病最终要了他的命。他“给抛进了一个不乏陷阱的世界，要对付其中的阴险，仅凭单纯的勇气而没有一点卑鄙手段来保护自己几乎是不行的；在道德冲突的危急关头，人的至纯至善并非总是可以提高人的能力或者启发人的意志”。柯拉加特，一个下级军官，马上就对他有了敌意，把他视为私敌，因为柯拉加特天性邪恶。这同样是一场亚哈与白鲸之间的争斗，尽管角色的定位更加清晰，使我们更加远离预言性而更加接近道德和常识。不过也接近得不多。柯拉加特

① 完整书名是《水手比利·巴德》(*Billy Budd*, *Sailor*)，出版于作者 1891 年去世后的 1924 年，很多人认为这是梅尔维尔写得最好的一部中篇小说。

② 仅见于一部小说集中。感谢约翰·弗里曼先生关于梅尔维尔的大作，使我了解了这部作品，还有很多其他情况。——原注（指约翰·弗里曼 [John Freeman] 的《赫尔曼·梅尔维尔》[伦敦：麦克米兰，1926] 一书。——译注）

③ 诺尔（the Nore）是英国泰晤士河上的一个地名，1797 年驻扎在这里的英国水兵发生了一场兵变。

④ 阿廖沙是《卡拉马佐夫兄弟》中老卡拉马佐夫最小的儿子，性格中有绝对的善良和忍耐。

和其他的恶棍都不一样。

> 天生的邪恶有着某种反面意义上的好品行，悄然起着辅助作用。可以说行大恶之人不屑于小恶。他心中自有一种非凡的傲气，使他排斥贪财图利这类勾当。简单说，这种角色绝对不沾脏事丑事。他严肃认真，但并不尖酸刻薄。

他指控比利要鼓动兵变。这个指控很荒谬，没人相信，却真的让比利丢了命。因为小伙子接到传唤来说明自己清白的时候吓坏了，说不出话来，他那个可笑的口吃毛病犯了，结果他内心的压力爆发，打倒了那个诽谤他的人，那家伙一命呜呼，比利也被处以绞刑。

《比利·巴德》是飘渺的神曲，却并非一首无言的歌，除了欣赏其自身的美以外，读这本书还有助于理解更为艰深的作品。邪恶贴上了标志，化身为人物，而不是以隐身状态掠过海洋，周游世界，这样就更容易观察到梅尔维尔的思想。从他身上我们看到，他的忧虑中并没有个人的因素，感受他的忧虑让我们变得更高大而不是更渺小。他没有那种挺烦人的小品质，也就是道德心，那东西在严肃作家那里经常令人生厌，也影响了他们作品的效果，比如霍桑的道德心，或者马克·拉瑟福德①的道德心。梅尔维尔在走过他作品中最初的现实主义粗糙阶段之后，直接回到了普世意义，他描写的黑暗和悲伤超越了我们自己的

① 马克·拉瑟福德（Mark Rutherford，1831—1913），英国小说家、评论家、宗教思想家。

体验，堪称辉煌。他说：“在某些情况下，只有在天平上投下某种类似原罪的东西来获得平衡才能称出这个世界的分量。”他投下去了，那种难以言说的东西，天平获得了平衡，他给了我们和谐和暂时的救赎。

无怪乎戴·赫·劳伦斯写了两篇力透纸背的文章来研究梅尔维尔，因为在我看来，他本身就是今天还在写作的唯一一个预言型小说家，其他人都是幻想型的或者说是布道者。他是唯一在世的以歌声主宰其作品的小说家，全神贯注于吟游诗人特质的小说家，批评亦对其无可奈何的小说家。他很容易招来批评，因为他也是个布道者——正是他这小小的一个侧面使他的作品不那么好懂，而且会起误导作用——他是个过于聪明的布道者，知道如何拨弄听众的神经。就好比你坐下来聆听预言家的教诲，却冷不防当胸挨了他一脚，没有比这更窝囊的了。“再老实听下去我就——”喊归喊，你还是专心听他继续唠叨。另外，布道的主题也极具煽动意味，要么是强烈的谴责，要么是急迫的忠告，弄得你到后来都记不清你到底该不该有个肉身了，能确信的只有一点，就是自己是个废物。这种盛气凌人，还有霸凌者同时兼备的甜言蜜语，交替占据着劳伦斯作品的前景位置；他的伟大则远远地跻身于背景深处，不像陀思妥耶夫斯基那样以基督教精神为基础，也不像梅尔维尔那样以争斗为基础，而是以美学意义上的某种东西为基础。声音是巴尔德的声音，双手却是以扫的双手。[①] 这位预言家从内心里放射出自然的光芒，

---

① 巴尔德（Balder）是北欧神话中的光明神，与黑暗神霍德尔（Hoder）是孪生兄弟。以扫（Esau）是《圣经》中的人物，与雅各（Jacob）是孪生兄弟，曾“为一碗红豆汤”将长子名分卖给了雅各。

每一种色彩都有一种光辉，每一种形式都有一种用其他方式不可获得的特征。比如始终留在我记忆中的一个场景，出自他的小说《恋爱中的女人》(*Women in Love*，1920)，书中一个人物在夜晚反复向水中投入石块，要击碎水里的月影。他为什么会扔石块，这个场景象征着什么，这些并不重要。而若非如此，作者便无法得到这样的月亮和水；他以自己特有的路径得到这个效果，比我们想象的更为精彩。这位预言家回到了他开始的地方，回到了我们其他人都在池塘边等待着的地方，却拥有一种我们永远都不会具备的再创造之力和召唤灵魂之力。

在这样一位容易发怒同时又喜欢激怒他人的作家面前保持谦卑并非易事，因为你越是谦卑，他越是乖张。可我不知道还可以用什么别的方式去读他的作品。一开始厌恶他或者嘲笑他，他作品中的无价之宝就必然消失，和一开始就服从他的结果一样。他那些有价值的地方无法用语言来表达；那都是人物和事物的色彩、姿态、轮廓这些小说家的惯用手段，但是经他之手做了不同的处理之后得以进化，就都属于一个新的世界了。

那么艾米莉·勃朗特又是怎么回事？为什么《呼啸山庄》会进入这个话题？那可是个关于人的故事，并不包含宇宙观。

我的回答是，希斯克利夫和凯瑟琳·恩肖的情感与其他小说中的情感作用不同。他们的这些情感不是置身于人物内心，而是像雷雨云一样包围着他们，一次次爆发，从劳克伍德梦见窗口那只手起，到发现希斯克利夫死在那个开着的窗口为止，弥漫于整部小说之中。《呼啸山庄》里充满了声音，狂风暴雨的声音，一种比言语和思想更为重要的声音。尽管小说非常出色，读过之后却什么也想不起来，只记得希斯克利夫和大凯瑟琳。一切活动都肇始于他们的分离，结束于他们死后的团聚。难怪他们死后还“到处走”，这样的生灵还能做什么？即使活着，他们的爱和恨也超越了他们自身。

艾米莉·勃朗特在某些方面思维缜密而谨慎。她按时间表构思小说，比奥斯丁小姐更为细致，她把林顿和恩肖两个家庭对称安排，对希斯克利夫夺取两家财产的各种法律步骤十分清楚[①]。那她为什么有意引入困惑、混乱、暴风雨呢？因为照我们的理解，她就是个预言家：因为对她而言，暗示的意义比说出来的意义更加重要；只有在混乱中，希斯克利夫和凯瑟琳这两个人物才会把自己的激情外化，直至其穿透房屋，漫过荒原。除了这两个角色所提供的一切，《呼啸山庄》没有其他神话：没有一部伟大的小说像《呼啸山庄》这样丝毫不涉及天堂和地狱这两样代表宇宙的东西。这是一部具有地方特色的作品，就像其中孕育的那几个灵魂一样，任何一片水域里都能遇见白鲸，而只有在他们自己家乡的蓝铃花丛和石灰岩间才能遇见那几个人。

下面做个小结。在我的脑海深处，总是为预言类作品保留着一方天地，这块地方，有的人比我保留得还多，有的人却是一点都没有。幻想小说要我们做额外的付出，现在预言小说要的则是谦卑，甚至要我们搁置幽默感，因此一部悲剧叫作《比

① 参见 C.P.S. 的论文《〈呼啸山庄〉的结构》，霍加斯出版社出版，该文颇有真知灼见。——原注

利·巴德》，我们却不能窃笑①。我们确实需要把常用于观察文学和生活而且一直想在大部分探讨中采用的那种单一视野放在一边，拿起另外一套工具。这样做对不对呢？另一位预言家布莱克②认为这毫无疑问是对的。

> 愿上帝使我们避开
> 单一的视野和牛顿的睡眠！

他如此疾呼，还画了一幅画，画中正是这位牛顿，手里拿着圆规，描绘着一个难看的数学三角形，对《白鲸》中的惊涛骇浪置之不理。很少有人会赞同布莱克的看法。认同布莱克所画的牛顿人数更少。我们大多数人都会根据自己的性情以折中的态度倾向这一边或者那一边。人类大脑不是一个高贵的器官，我不知道除了折中主义以外我们还能怎样真诚地使用大脑。我对折中主义同道唯一的建议是："不要为自己的前后不一感到得意。这是个遗憾，遗憾在于我们居然天生如此。遗憾还在于人不能同时既超凡脱俗又真实可信。"本讲座的前五讲或多或少用的都是同一套工具。这一讲和上一讲中我们不得不将其搁置一旁。下一讲要重拾这套工具了，但这并不意味着对批评家来说一定就是最好的工具，也不能说批评工具这种东西就一定存在。

---

① 这一句的意思或与"比利·巴德"这个人名的来源有关：Billy Budd 源于凯尔特人视为阿波罗神的 Beli 和 Budd 这两个名字，其含义代表健康、春光和生机。

② 威廉·布莱克（William Blake，1757—1827），英国诗人、画家，下面引的这句出自他给友人的一封信。

## 八、模式与节奏

我们的两个小插曲，既轻快又严肃，到这里就结束了，现在我们回到这次讲座的总体计划中来。我们是从故事开始的，接着讨论了人物，然后是情节，这是从故事里分出来的。现在我们要讨论的这个题目主要出自情节这一块，人物及相关元素也在其中起作用。对这个新的方面，似乎没有专门的文学术语，其实艺术越发展，越是在彼此参照中才能获得各自的定义。我们先从绘画艺术那里借来一个词，叫做"模式"。然后我们会从音乐艺术那里借来一个词，叫做"节奏"。不幸的是，这两个词的含义都模糊不清，用节奏或者模式来讨论文学问题的时候总是词不达意，话说不下去，要么是"哦，不过当然了，那节奏……"要么是"哦，可你要是把那叫做模式的话……"

模式意味着什么？读者欣赏模式必须具备什么素质？在讨论这些问题之前，我先以两部作品为例做些说明，这两部小说的模式都非常明确，可以用图形来概括：一部是沙漏的形状，另一部是一条粗链的形状，类似于那种老式舞蹈骑士舞的队形。

阿纳托尔·法朗士[①]的《黛丝》，其模式即呈沙漏状。

---

① 阿纳托尔·法朗士（Anatole France，1844—1924），法国作家、评论家、社会活动家。《黛丝》（*Thais*）是他出版于 1890 年的小说。

书中有两个主要人物，苦行僧帕弗努斯和交际花黛丝。帕弗努斯生活在荒原，小说开始的时候他认为自己得到了拯救，感到很幸福。黛丝住在亚历山大市过着罪恶的生活，帕弗努斯的责任就是拯救她。在小说的核心场景中他们相互靠近了，帕弗努斯履行了责任；她进了修道院，获得了救赎，因为遇见了他；但是他却堕落了，因为遇见了她。这两个人物以数学的精度经历了聚拢、交叉、退却三个阶段，我们从书中得到的乐趣部分即源于此。这便是小说《黛丝》的模式，十分简单，为艰难的探索开了个好头。从故事角度看《黛丝》也是同样，事件按时间顺序渐次展开；从情节角度看《黛丝》仍是如此，两个人物在各自之前行为的影响下做出重要决策，对后果浑然不知。如果说故事要的是好奇心，情节要的是理解力，模式要的就是审美力，需要我们从整体上去看一部作品。不是把它看作一个沙漏——这是课堂上用的术语，有点难度，绝不能从字面去理解，我们的讨论毕竟已经进入了一个比较深入的阶段。我们只是感到了一种莫名的愉悦，这种愉悦过去以后，就像现在，大脑得到了释放，就可以对此做出解释了，而沙漏这样一个几何形状的比喻对我们的解释是有帮助的。如果不用沙漏这个模式，故事、情节以及黛丝和帕弗努斯这两个角色就都无法得到最有力的表现，也不会如此鲜活。看起来僵硬死板的“模式”与看起来变动不居的气氛联系在了一起。

现在我们来看粗链模式的作品，珀西·卢伯克的小说《罗马风光》(*Roman Pictures*，1923)。

《罗马风光》是一部社会喜剧。叙述者是一位游客，他在罗马遇见了一个心眼不坏却不够正派的朋友迪林，迪林很傲慢地批评他不该盯着教堂看，要他去考察社会。他认真服从，坚决照办了，从一个人手里转到另一个人手里，咖啡馆、画室、梵蒂冈、奎里纳尔山一一走遍，直到最后，他觉得再也走不下去的时候，在一座破败不堪的贵族宅第里，他居然见到了那个二流贵族迪林。迪林是宅子女主人的外甥，出于对势利的逆反心理隐瞒了身份。链子完整了，原先的伙伴重逢，相互致意，彼此都有些愕然，最后一笑了之。

《罗马风光》的精彩之处并不在于作者用了“粗链”模式——粗链人人会组装——而在于这个模式恰到好处地契合了作者的心绪。卢伯克刻意安排了一系列小意外，还煞费苦心给他的人物蒙上一层善意，结果让他们看起来还不如别白费这层善意更好些。这就是那种喜剧气氛，却带着讽刺意味，尽管处处体现出和蔼可亲。结尾时我们高兴地发现，这种气氛表现出来了，两个伙伴在公爵夫人的客厅里碰面了，准确无误地完成了作品从一开始就要求他们去做的事，分散的事情都串在了一起，织就那根连接线的就是这些事情本身的性质。

《黛丝》和《罗马风光》是两个简单的例子，可以说明什么是模式。一部作品可以用一个图形准确地表示出来，这种事并不常见，尽管有些评论家随心所欲，大谈曲线啦什么的，其实他们也不太清楚自己想说的是什么。我们只能说（到目前为止）模式是小说的一个美学侧面，为其提供营养的可以是小说中的一切——人物、场景、文字，但大部分营养来自情节。我们讨论情节的时候讲过，情节本身就可以给自己增加美感；美一出现就会带来小小的惊喜：用心的人在整洁的木器上可以看到缪斯女神的身影；逻辑在自己的房子建造完成的那一刻，就为新的房子打下了基础。注意，就是在这一点上，所谓模式的这个侧面以最为紧密的方式与其材料联系在一起，这就是我们的出发点。模式主要出自情节，与情节相伴，像云间的一道光，情节离开，模式仍然可见。美有时就体现于作品的形状，也就是作品作为一个整体来看，那种整体性，如果总是这样，我们的研究就会容易一些。但有时并非如此。如果不成其为形状，我要称之为节奏。此刻我们只谈模式。

下面我们略为详细地看一下类型刻板的另一本书，一部整体性很强的作品，从这个意义上说，这本书比较好懂，尽管其作者是亨利·詹姆斯。我们会从中看到模式取得了胜利，我们也会看到，如果作者只想要模式取得胜利，他就必须做出哪些牺牲。

《专使》(*The Ambassadors*，1903）像《黛丝》一样，呈沙漏形状。斯特雷瑟和查德像帕弗努斯和黛丝一样，互换了位置，正是因为实现了这一点，这本书结尾时非常令人满意。小说的情节精巧微妙，每个段落都是靠行动、对话或者沉思来推进的。一切都在计划之中，一切都很妥帖；就连次要人物，比如尼西亚斯宴会上那些夸夸其谈的亚历山大人，也都不只是点缀，他们阐释了主题，他们是有用的。最后的效果是预设好的，逐渐向读者展示出来，终于到来的时候刚好瓜熟蒂落。阴谋的细节，各种美国使命的具体内情，都可以忘掉，而这些细节所形成的对称性效果经久不衰。

我们来追溯一下这种对称性的发展过程。①

斯特雷瑟是个细腻敏感的中年美国人，他的老朋友纽瑟姆太太委托他去巴黎挽救她的儿子查德，查德在那个让人堕落的城市里堕落了，而斯特雷瑟很想跟纽瑟姆太太结婚。纽瑟姆家是殷实的商人，他们靠做一种小型家用物品赚钱。亨利·詹姆斯绝口不提这个小物件是什么，我们很快就会明白为什么了。威尔斯在《托诺-邦盖》中爽快地交代了，梅瑞狄斯在《埃文·哈林顿》中也和盘托出，特罗洛普毫不隐讳地向邓斯特布尔小姐②讲述了必须把那东西做成什么样，可是要让詹姆斯说清楚他的人物是怎么发财的——不行。那东西有点上不了台面，挺可笑的——知道这个就够了。如果你就是要粗鲁大胆，自己去想象那是比如说纽扣钩吧，你可以这样做，不过要自负风险：作者可是什么也没说。

好啦，不管这物件是什么，查德·纽瑟姆都必须回来帮忙，而斯特雷瑟负责把他弄回来。查德必须得到解救，脱离那种既不道德也无利可图的生活。

斯特雷瑟是典型的詹姆斯式人物——他几乎出现在所有的书里，是构成詹姆斯小说不可或缺的部分。他是那种想要影响行动的观察者，影响不成，就从中获得更多的观察机会。其他人物则是像他这样的观察者才有能力去观察的对象——他的眼镜片可是一流高手眼科医生给配的。一切都按他的视距调整好了，他却并不甘于默默观察——不，那是设备的力量；他带着我们一起走，

① ［卢伯克的］《小说技巧》从另一个角度对《专使》做了精彩的分析。——原注
② 特罗洛普系列小说中的人物。

我们一边看一边前行。

他踏上英国土地的时候（到达一个地方对詹姆斯来说是一种精神升华的经历，常让他久久难以忘怀，就像新门监狱对笛福一样重要；围绕着一次到达的总是充沛的诗意和生机）：斯特雷瑟甫一抵达，虽然面对的只是老英格兰，他便开始怀疑自己的使命，等到了巴黎，这种怀疑就更是加剧了。对查德·纽瑟姆来说，他的生活远非堕落，而是颇有改善。他很出色，也很自信，所以对奉命把他带走的人都能和蔼可亲，热情相待。他的朋友都很讲究，至于母亲大人揣测他身边“不清不楚的女人”，连一点影子都没有。是巴黎打开了他的眼界，挽救了他，而斯特雷瑟本人对这一点是多么理解啊！

> 他最大的不安似乎在向他窥视，因为他隐约知道，只要他心里接受了巴黎，就会失去权威。今晨，这城市就悬在他的面前，那宏大而炫目的巴比伦，像个巨型的闪光体，一颗明亮而坚硬的宝石，它的各个部分是不能区分的，不同之处也并不容易看出来。它闪烁着，颤动着，融合在一起；这一刻还布满表面的东西，下一刻就都转入深处了。毫无疑问，查德喜欢这个地方；那么要是他斯特雷瑟也喜欢这个城市，以这样的关系，他们俩究竟会变成怎么样呢？

如此，詹姆斯以一种精巧而又不容置疑的方式设定了小说的氛围——巴黎的光芒覆盖了全书：巴黎是个起作用的角色，尽管总是处于无形的状态；巴黎是一种尺度，可以衡量人的感性；等我们读完小说，允许书中的事件在脑海里淡去以便看清小说的模式，这时正是巴黎在沙漏中心闪烁着微光——巴黎——没有比善恶更为天然的东西了。斯特雷瑟很快看到了这一点，也看出无论他自己怎么想查德都比他更为心中有数；他的认识进入这个阶段之后，小说出现一个转折：到底还是有一个不清不楚的女人存在的；隐匿于巴黎身后向查德引荐着这个城市的，是德·维奥内夫人可爱而又尊贵的身影。现在斯特雷瑟没法继续下去了。生活中所有高尚和优雅的东西都集中在德·维奥内夫人身上，加上她哀婉的气质，更是风情万种。她请求他不要带走查德。他答应了——毫不犹豫，因为这正是他内心所愿——而且他留在了巴黎，不是为了与之斗争，而是要为之奋斗。

因为第二批使者从新大陆来到了巴黎。纽瑟姆夫人对派出的人毫无道理地迟迟不归既恼火又困惑，又派来了查德的姐姐、姐夫和他应该娶的姑娘玛米。现在这部小说在其规定的范围内变得非常有趣了。查德的姐姐和德·维奥内夫人之间有一番精彩的缠斗，至于玛米——下面就是倒霉的玛米，我们还是照常通过斯特雷瑟的眼睛来看吧。

> 从小的时候还是一颗“花苞”，到后来鲜花绽放，玛米一直都是为他而盛开的，她毫无拘束，就在几乎永远敞开的家门口；他记得她起初总是往前冲，后来又使劲往后缩——因为他有段时间在纽瑟姆太太家的客厅里讲英国文

学课，为了达到更好的效果还有考试和茶歇活动——最终又变得非常冒失。不过他并没有特别关注和她的接触，因为伍勒特镇的人一向如此，认为最新鲜的花蕾和最干巴的冬苹果放在同一个篮子里是不合适的。……现在和那迷人的姑娘坐在一起，他还是感觉到了信心大增。因为说了半天，她就是很迷人嘛，就算是看得出来她那些自由自在张口就来的习惯和做法，她也还是那样。她很迷人，他知道，尽管说穿了其实是这么回事：他要是没觉得她迷人，就会在她身上发现一个他不敢冒着风险说出口的特点，那就是“滑稽”。不错，她就是挺滑稽的，美妙的玛米，可她自己做梦也想不到这一点。她温和得乏味，她像个新娘——可他至今都想不出一个适合她的新郎。她眉目端正，身材丰满，随和而健谈，是个温柔可爱令人安心的人儿。要说有什么地方与众不同，那就是她穿得不太像个年轻小姐，倒像个年老的贵妇——那得斯特雷瑟能够设想一个老女人也能像她那样沉溺于虚荣才行。还有，她复杂的发型也缺少年轻人该有的蓬松随意。她还有一种看起来很成熟的姿势，就是将保养良好的双手端端正正地放在胸前，身体微微前倾，以便随时表示鼓励和赞许。所有这一切使她身上总是焕发出“乐于接纳他人”的光彩，让她重又回到永远置身于客厅窗户之间的状态，耳边是盛放冰淇淋的碟子叮当作响，还让人想起她很高兴“会见”的所有那些名字一一报出，那可都是同一类的社交达人啊。

玛米！她是亨利·詹姆斯笔下的另一种典型人物；几乎他的每一部小说里都有一个玛米。比如《波音顿的珍藏品》(*The Spoils of Poynton*，1897）中的格蕾丝太太，或者《一位女士的画像》(*The Portrait of a Lady*，1881）中的亨丽埃塔·斯塔克波尔。他善于不停地即兴描写一个人物多么平庸，有些迟钝，还老于世故，他把这样的一个人物写得栩栩如生，连荒唐之处都有几分可爱。

斯特雷瑟就这样改变了立场，也彻底失去了迎娶纽瑟姆太太的希望。巴黎占了上风——然后他有了新的发现。查德身上的优点难道没有发挥作用？巴黎对查德来说不就是个狂欢的地方吗？这种担忧得到了证实。他独自一人去乡间散步，黄昏时分，他遇到了查德和德·维奥内夫人。他们坐在一条船上，假装没看见他，因为他们的关系实际上就是常见的男女私情，他们觉得不好意思。他们打算避人耳目在旅馆里度周末，趁着激情还在；因为这激情不会持久，查德会厌倦这个精致的法国女人，她只是他自我放纵的一段经历而已；他会回到他母亲身边，去做那个家用小物件，娶玛米为妻。这些他们都知道，他们竭力掩饰，可斯特雷瑟还是看出来了。他们说谎，他们庸俗，甚至德·维奥内夫人，甚至她的哀伤，曾经是那么高雅，也沾染了俗气。

> 这对他就像一股寒流扑面而来，简直可怕，一个如此雅致的生命，在神秘力量的作用下，居然会如此轻贱。因为世间万物到结束的时候的确都很神秘。她不过是让查德

成为他自己罢了，那她为什么要认为是她让他达到极致了呢？她让他变好，让他变成最好的，让他成为人人都想成为的那种人，可在我们这位极为古怪的朋友看来，他仍然只是查德。这项工作无论多么令人钦佩，都不过是严格按照人类秩序进行的。简而言之，常人经验范围内那些尘世的欢愉、舒适、越轨，随你怎么分类吧，与之相伴而生的种种都能在超出体验的精神层面得到珍视，这真是太神奇了。

他觉得她今晚比平时显老，难掩时间留下的痕迹，但她一如既往，仍是他一生中有幸遇到的最美丽、最难以捉摸的人，最快乐的幻影，可他还是能看出她为俗事所困扰的处境，极为真切，就像一个女仆为一个年轻人而哭泣。唯一的不同是她有自我判断，而女仆没有，这种明智的脆弱，自知的耻辱，似乎只能让她愈发沦陷下去。

所以斯特雷瑟也失去了他们。正如他所说："我失去了一切——这是我唯一的逻辑。"不是因为他们退回去了，而是因为他向前走了。他们向他展示的那个巴黎，他现在可以展示给他们了，要是他们有那份心思去看的话，因为他所展示的这个巴黎比他们自己所能注意到的更好，他的想象力比他们的青春年少更有精神价值。沙漏的模式就此完成，他和查德互换了位置，这个过程中的步骤比黛丝和帕弗努斯之间位置交换的步骤更为微妙，云间的那道光并非来自灯火通明的亚历山大城，而是来自那颗宝石，它"闪烁着，颤动着，融合在一起；这一刻还布满表面的东西，下一刻就都转入深处了"。

弥漫于《专使》中的美是一个优秀艺术家辛勤劳作应得的回报。詹姆斯很清楚自己想要什么，他在追求美的狭路上砥砺前行，尽职尽责，获得了他所能够得到的全胜。小说的模式进退有度，浑然天成。这是阿纳托尔·法朗士绝对无法企及的。了无痕迹，精彩至极。可那是做出了多少牺牲才换来的啊！

牺牲惨重，结果就是许多读者对詹姆斯提不起兴趣来，尽管他们能听懂他的话（詹姆斯文字的难度其实是过于夸大了），能欣赏他的效果。他们不能接受他的前提，那就是人生的大部分都必须消失，然后他才能为我们写一部小说。

首先，他的人物都很少。我已经提到了两个：想影响行动的观察者，和那个平庸的局外人（对这个人，作者用上了比如说《梅茜的世界》① 里面那种十分精彩的开场）。另外还有个富有同情心的陪衬人物，很有活力，常常是女性，《专使》中玛丽亚·格斯特雷扮演的就是这个角色。然后是出色而超凡的女主人公，德·维奥内夫人接近于这个形象，《鸽翼》（*The Wings of the Dove*，1902）里的米莉则是典型代表。有时还有一个恶棍，有时就是一个放荡不羁的年轻艺术家。差不多就是这些了。对于一个如此优秀的小说家来说，这个阵容太惨了一点。

其次，这些人物除了数量少之外，作者刻画他们的笔墨也比较吝啬。他们不会逗乐，不会迅速行动，不会纵欲，十有八九也不会逞英雄。他们的衣服是不脱的，生了病也不知道是什么病，就像他们的经济来源一样，我们都一无所知。他们的

① 《梅茜的世界》（*What Maisie Knew*，1897）也是亨利·詹姆斯的小说。

仆人都无声无息，要么就是和他们很像的人。用我们的社会观念对他们解释我们所了解的这个世界是不可能的事，因为在他们的世界里没有愚蠢的人，没有语言障碍，也没有穷人。连他们的感觉都是有限度的。他们可以身处欧洲，欣赏艺术品，互相欣赏，但仅此而已。残疾人在亨利·詹姆斯的小说中可以独自存活——身有残疾却有一技之长。他们让人想起阿肯那顿[①]时期常见于埃及艺术中的那种精美的畸形人——头大腿细，可还是很有魅力。到下一个朝代，这种形象就消失了。

其实人物数量和人物描写的这种高度精简是出于模式的需要而形成的。詹姆斯写作的时间越长，他就越相信一部小说应该是一个整体——不一定像《专使》那样形成某种几何图形，但是应该只围绕一个中心展开，也就是一个主题、一个情境或者一种姿态，控制着所有的人物，提供一个基本情节，而且还应该从外部把整部小说捆绑在一起——用一张网兜住散乱的讲述，形成像一颗行星一样的凝聚系统，在记忆的天空里运行。模式是必须有的，从这个模式中冒出来的一切都必须修剪掉，以免横生枝节。哪些人算是横生的枝节呢？把汤姆·琼斯、艾玛甚至卡索邦先生放进一本詹姆斯的小说里，这本书自己就会发高烧直至灰飞烟灭，而我们却可以把这些人放进彼此的书里，最多也只是局部发炎罢了。只有亨利·詹姆斯式的人物适合他自己的小说，他们虽然还活着——对人生经验中他选定的某些隐秘之处他的探索极为深刻——但是五脏六腑都已经掏空，没

① 阿肯那顿（Akhenaton），公元前 14 世纪古埃及法老。

有了其他小说里的人物和我们自己体内都拥有的那些寻常之物。而做这种阉割并不是为了天国的利益，小说中没有哲学，没有宗教（除了偶尔有一点迷信），没有预言，没有对超人的好处，一点都没有。都是为了获得一种特别的美学效果，这种效果确实达到了，那代价却如此沉重。

对这个问题，赫·乔·威尔斯始终持一种很有趣或许也很深刻的看法。在他最为生动的作品之一《恩惠》(*Boon*，1915)一书中，他念念不忘亨利·詹姆斯，写了一篇绝妙的戏谑文字来调侃他。

> 詹姆斯一开始就想当然地认为，小说是艺术品，必须以其单一性来予以评判。最初是有人给了他那个想法，后来他就一直没有搞明白。他什么都搞不明白。他好像甚至都不想把事情搞明白。他欣然接受，然后——竭力发挥。……鲜活的人类动机在他的小说中只剩下了一定程度的贪欲和一种极为肤浅的好奇心。……他的人物都是经过一点一点的暗示、一个一个的环节察觉出疑点的。你见过生活中的人这么做吗？他的小说写到的东西总是那个样子，就像一座教堂，灯火通明，却没有会众来分散你的注意力，所有的光与线都聚焦于高高的祭坛。而在祭坛上，极为热诚、无比虔诚地供奉着的是一只死猫，一片蛋壳，一根绳子。……就像他的《死者的祭坛》[1]却没有任何东西是属于

① 《死者的祭坛》(*The Altar of the Dead*) 是詹姆斯的短篇小说，发表于1895年。

死者的。……因为如果有的话，就不会全都是蜡烛，那样效果就不复存在了。

威尔斯把《恩惠》作为礼物送给了詹姆斯，显然他认为自己如此热心坦诚，大师也会同样感到高兴。大师一点也不高兴，于是就有了他们之间十分有趣的通信。① 随着事情的进展，两个非凡人物都逐渐露出了本色。詹姆斯彬彬有礼，几分念旧，几分困惑，却极为强硬：他承认，那段戏谑并没有让他“充满喜悦的快乐”，最后他很遗憾地表示，信末能署的“只是你忠实的朋友亨利·詹姆斯”。威尔斯也困惑，但原因不同，他不明白这个人为什么要生气。除了个人交往的喜剧味道之外，这件事还有重大的文学意义。这就是严格遵守模式这个问题：无论是沙漏还是粗链，无论是大教堂里的聚合线还是转轮烟火的发散线，或者说是普罗克汝斯忒斯之床②，不管什么形象，只要体现出整体性就行。这类模式能与生活中极其丰富的素材相融吗？威尔斯和詹姆斯都会认为这是不可能的，然后威尔斯会继续说生活应该得到优先考虑，绝不能为了适应某种模式而对生活予以削减或者扩充。拙见与威尔斯相同。詹姆斯的小说是一种独特的财产，不能接受其前提的读者会错过一些有价值的微妙体验。可我不想再看他的小说了，尤其是看到这类小说出自他人

① 见《亨利·詹姆斯书信集》（*The Letters of Henry James*），第 2 卷。——原注

② 普罗克汝斯忒斯（Procrustes）是希腊神话中的强盗，他羁留旅客，将其捆在床上，体长者即砍去长出的部分，体短者即将其身体拉长以与床齐平，很多人因此而死。“普罗克汝斯忒斯之床”即意为“强求一致的做法”。

之手，就像我不想看到阿肯那顿时期的艺术延续到图坦卡蒙[①]时期一样。

这就是严格遵守模式的缺点。它可以展示作者所要的那种氛围，很自然地从情节中产生，但它关闭了生活的大门，让小说家只是机械操练，一般还都是在客厅里。美倒是来了，却戴着一副暴君的面具。在戏剧中，比如在拉辛的剧作中，或许这情有可原，因为美可能是舞台上尊贵的皇后，让我们觉得失去我们熟悉的那些男性角色也没什么。但是在小说中，她的专制越是强大，自己就越是渺小，还会导致遗憾，有的时候就催生了《恩惠》这种书。换句话说，小说不像戏剧那样能做比较大的艺术发挥：小说的人文性或者说小说素材的粗放性质形成了阻碍（随便用哪个词语都行）。对大多数小说读者来说，从某种模式中获得的情感体验不足以证明为此做出的牺牲是合理的，他们的裁定是“很美，但不值得”。

不过探索并非到此结束。我们还不会放弃对美的希望。除了模式以外，就没有别的方法可以把美引入小说吗？我们来小心地探究一下“节奏”这个概念。

节奏有时是很简单的。比如贝多芬的《第五交响曲》以“噔噔噔——当”这个节奏开头，我们都能听出来，而且能用手指把这个节奏轻轻敲出来。但是整部交响乐也有一种节奏，主要由各个乐章之间的关系构成，有些人能听出来，却没有人能敲出来。第二种节奏是比较难的，它和第一种节奏在本质上是

---

① 图坦卡蒙（Tutankhamen），公元前14世纪古埃及法老，据传为阿肯那顿的儿子。

否是相同的，这只有音乐家才能告诉我们。不过一个搞文学的人想说的是，第一种节奏，也就是那个“噔噔噔——当”，可以在某些小说中看到，或许会给这些小说增添美感。而另一种节奏，比较难的那种，比如说《第五交响曲》的整体节奏，我在小说中举不出任何相应的例子，然而却有可能存在。

简单意义上的节奏，我用马塞尔·普鲁斯特的作品来说明。①

普鲁斯特的结束篇还没有出版，他的崇拜者说，等全书出齐，一切都将归位，作者会把逝去的时光捕捉回来，使之凝固而不再逝去，我们将拥有一个完美的整体。我不相信这话。在我看来，这部作品与其说是美学意义上的倾诉，不如说是渐进式的告白，对阿尔贝蒂娜的描述冗长细致，作者也渐生厌倦了。我们可能会遇到一些新的东西，但如果一定要修正对整本书的看法才能做出解释，那就是很惊人的事了。书的内容混乱，结构不合理，没有而且也不会呈现出什么可以看出来的模式；尽管如此，这部作品还是聚而不散，因为它内部是缝合在一起的，因为书中自有节奏。

这方面的例子有好几个（其中之一是给祖母拍照片那一段），但是从起粘合作用这个角度看，最重要的是他在凡德伊②的音乐中使用的那个“小乐句”。读者能感觉到始终置身于同一

---

① 《追寻逝去的时光》(*À la recherche du temps perdu*) 前三部英文版已由纽约的 Albert & Charles Boni 出版社出版，书名为 *Remembrance of Things Past*，译者 C. K. 司各特·蒙克里夫，译文极为出色。——原注

② 凡德伊（Vinteuil）是普鲁斯特虚构的作曲家。

个小说世界里，这个小乐句比任何东西起的作用都大，甚至超过了先后毁掉主人公斯万和夏吕斯的那种嫉妒。我们第一次听到凡德伊这个名字的时候情况很糟糕。这位音乐家死了，他是个背景模糊的小个子乡村风琴手，名不见经传，而他的女儿正在污损他的名誉。这个可怕的场景还牵连到其他几件事情，但寥寥几笔就过去了，我们也就把这件事忘了。

然后我们来到巴黎的一个沙龙里。一首小提琴奏鸣曲正在演奏，其中行板的一个小乐句飘进斯万的耳朵里，也悄悄溜进了他的生活。这个乐句始终是个有生命的存在，但是以不同的形式出现。有一阵子，这个小乐句伴随着他对奥黛特的爱。他们的爱情出了问题，这个乐句就给忘了，我们也就把它忘了。后来他因嫉妒而痛苦不堪的时候，这个乐句突然冒了出来，慰藉着他的痛苦，同时伴他回忆逝去的快乐，却并不失其圣洁的品格。这个奏鸣曲是谁写的呢？听说是凡德伊的作品，斯万说：“我以前认识一个倒霉的小个子风琴手，就叫这个名字——不会是他写的吧。”可还就是他写的，凡德伊的女儿和她的朋友把这首曲子转写下来出版了。

好像也就这些了。这个小乐句在书中一次又一次出现，但都是作为一种回声，一种记忆，让人喜欢，却没有将整部作品维系在一起的力量。然后，成百上千页翻了过去，凡德伊已经成了国家的宝贵财富，人们议论着要给他在那个他曾经岌岌无名、穷困潦倒的小镇里塑像，这时他的另一部作品登台——他身后面世的一部六重奏。主人公去听了——他感觉仿佛置身于一个相当可怕的未知宇宙之中，不祥的黎明映红了海面。突然间，为了他，也为了读者，奏鸣曲中的那个小乐句再次响起——似有若无，有了变化，但是导向清晰，于是他回到了童年的乡村，知道那里便属于未知的宇宙。

我们不一定要认同普鲁斯特具体的音乐描述（按我的欣赏习惯来看，这些描述太形象化了），但不得不钦佩他在文学中对节奏的运用，而且他所用的这个东西，也就是一个音乐片段，在本质上就和想要产生的效果有亲近的关系。凡德伊的这个乐句不同的人都听过，先是斯万，然后是主人公，但是并没有拴在这些人身上，它不是一个标志，像乔治·梅瑞狄斯所用的那种一样——伴随着克拉拉·米德尔顿[①]的是一棵重瓣樱桃树，伴随着塞西莉亚·哈克特[②]的是静水湾里的一艘游艇。标志只能再次出现，节奏才能发展，而那个小乐句自有其生命，和听者的生命无关，和把它写出来的那个人的生命亦无关。它几乎就是一个角色，但也不完全是，“不完全”的意思是，它的力量用在了从内部将普鲁斯特的作品缝合起来这个方面，还用在了创造美感、抓住读者的记忆这个方面。从它出场时那种阴郁的气氛，到奏鸣曲再到六重奏，有的时候读者觉得这个小乐句意义重大。有的时候它又毫无意义，被人淡忘，而在我看来，这就是节奏在小说中的作用，不像模式那样始终存在，而是以令人欣慰的方式忽隐忽现，让我们心中充满惊喜、新鲜感和期盼。

处理不好的话，节奏就非常令人厌倦，会僵化成一种符号，不是带领我们前行，而是把我们绊倒。我们很恼火，因为高尔

---

① 梅瑞狄斯小说《利己主义者》中的人物。

② 梅瑞狄斯小说《比尤坎普的职业》中的人物。

斯华绥的猎犬约翰还是什么的又躺在脚下了；即便是梅瑞狄斯的樱桃树和游艇，尽管优雅无比，也只是打开了通往诗意的窗户而已。我怀疑那些提前做好计划的作家无法获得节奏，因为节奏取决于到达适当的间隔处时出现的那种局部冲动。不过其效果可以十分精彩，还可以不破坏人物形象，同时减少对外在形式的依赖。

关于小说中的简单节奏这个话题，毫无疑问这就足够了：可以将其定义为重复加变化，有实例可以说明。现在来看那个不太简单的问题。小说中有没有哪种效果堪比《第五交响曲》的整体效果，也就是在乐队停止演奏的时候，我们听到了其实并没有奏出的音乐声？开场曲、缓慢的行板、构成第三板块的“三重奏诙谐曲—三重奏终曲—三重奏终曲”同时进入大脑，彼此相互延伸，构成一个共同的实体。这个共同的实体，这个新事物，就是整部交响曲，主要（尽管并不全都是）通过乐队演奏的三大音响板块之间的关系实现。我要把这种关系称为“节奏性的”。如果正确的音乐术语是别的说法，那也没关系；我们现在要问自己的是，小说中有没有可以与之类比的情形。

我找不到任何例子。不过也许真有；在音乐小说中可能会找到与之最为相似的现象。

戏剧的立场不同。戏剧可以更多地参照绘画艺术，可以允许亚里士多德来予以约束，因为戏剧并不执意表现人的要求。人的天赐机遇在小说。他们对小说家说：“你愿意的话，就重新塑造我们吧，不过我们必须参与进来。”而小说家的难题，如我们一向所见，就是要好好表现他们，同时另有所获。他要向何方求助呢？其实不是要去寻求帮助，而是要去找到可以类比的情形。音乐虽然不用人作表现工具，虽然为错综复杂的规律所支配，但在其最终的表现形式中，还确实有一种美是小说或可用自己的方式表现出来的。扩展——这是小说家必须坚持的理念。不是完成。不是圆满收尾，而是展开。交响乐结束的时候，我们的感觉是构成全曲的音符和曲调都获得了解放，在整体的节奏中找到了个体的自由。小说就不能达到这个效果吗？《战争与和平》中不也有类似情形吗？——我们从这部小说开始，现在也必须以这部小说来结束了。这部作品是如此庞杂。然而在阅读过程中，我们身后已经开始响起恢宏的和弦，读完之后，每个细节，甚至那些战略词汇，都导向一个比当时可能抵达的更为广阔的天地，难道不是这样吗？

## 九、结语

对小说的未来做出推测，以此结束讲座，这个想法很是诱人：小说会变得更加现实还是更加不现实？小说会被电影扼杀吗？诸如此类。推测无论是悲观的还是积极的，通常都有些夸大，这是提供帮助或者留下深刻印象的捷径。但是我们没有权利放任推测。我们拒绝了过去的束缚，所以绝不可占未来的便宜。我们想象了过去两百年里的小说家集中在一个房间里写作，诉诸同样的情感，把各自时代发生的事件放入灵感的熔炉，无论结果如何，我们这种方法都是合理的——这是对一群像我们这样的伪学者而言。不过我们必须设想一下未来两百年里的小说家也在这个房间里写作。他们的题材会发生巨大的变化，而他们不会改变。我们或许可以驯服原子，我们或许可以登上月球，我们或许可以遏制战争或者强化战争，动物的思维过程或许可以被理解了；可这一切都无足轻重，因为这都属于历史而不属于艺术。历史是发展的，艺术是静止的。面对所有这些新的事实，未来的小说家不得不使用的还是那个虽说可变却依然古老的创造性思维机制。

然而有一个问题涉及我们的主题，这个问题只有心理学家才能回答。不过我们还是来问一下吧。创作思维过程本身会改变吗？镜子上的水银涂层会更新吗？换句话说，人性会改变吗？我们且静待片刻，对这种可能性稍作思考——如此放松一下理所当然啊。

对这个问题听听老年人怎么说是很有趣的。有的时候他语气很自信。“到什么时候人性都是不变的。我们每个人内心深处都是原始野人。文明——呸！就是表面文章。总不能改变事实吧。”他感觉生活富足心宽体胖的时候就会这样说。他感到沮丧，让年轻人给搞得焦头烂额的时候，或者因为年轻人会在人生中获得成功而他失败了，他为此而伤感的时候，他的看法就反过来了，他会神秘兮兮地说：“人性是会变的。我这辈子就看见了，天翻地覆啊。得面对事实。”他就这样日复一日，反反复复，时而面对事实承认改变，时而拒绝改变。

我要做的只是陈述一种可能性。如果说人的本性的确是可变的，那将会是因为人类个体做到了以一种新的方式来看自己。不管在哪里，总是有人一直想这样做，人数很少，不过其中也有几个小说家。所有的机构和既得利益团体都反对这种探索：宗教组织、国家、家庭（就其经济这一面而言）都无法从中获益，只有在外部阻碍势力减弱的情况下，探索才能继续：这是历史的限制所致。也许探索者会失败，也许思考的工具不能对其本身进行思考，如果能的话，也许就意味着想象类文学的终结——如果我没有理解错的话，这就是那位敏锐的探询者艾·阿·理查兹先生①的看法。不管怎样，小说就是以这种方式活动着甚至燃烧起来的，因为如果小说家以不同的方式看待自

① 艾弗·阿姆斯特朗·理查兹（Ivor Armstrong Richards，1893—1979）是英国文学评论家、语言学家、诗人、教育家。

己，他也会以不同的方式看待自己笔下的人物，结果就会产生一种新的照明系统来照亮人生。

我不知道上述言论与哪种哲学或者与哪些对立的哲学沾边，但是在我回望自己残缺不全的知识、探究自己内心的时候，我看到人的思想有这样两种运动：一种是汹涌澎湃、冗长乏味的洪流，叫历史，另一种是羞羞答答、踯躅不前的侧流。这两种运动在以上讲座中都没有谈到：不谈历史，因为历史只顾带着人前行，不过是一列满载乘客的火车而已；不谈那种踯躅不前的侧向运动，因为这股侧流行动太慢，太小心翼翼，在我们考察的短短两百年跨度里几乎看不出变化。所以我们将其设定为一条不言自明的公理，然后才开始提出人类本性不可改变，这种不变的人性接连不断地生产出散文体虚构作品，此类作品长度达到五万词及以上即称为小说。如果我们有能力或者有资格拥有更广阔的视野，可以考察所有的人类活动及前人类活动，我们也许就不会得出这样的结论；那种缓慢的侧向运动，火车乘客的变换，都有可能看得出来，“小说的发展”这个说法也有可能变得重要起来而不再是一个伪学术的标签或者是一个无足轻重的技术问题，因为其中蕴含了人性的发展。